JN120954

信濃へ

尾高修也 中期短篇集

Odaka Shuya

尾高修也 中期短篇集

信濃へ

もくじ

尾高修也　中期短篇集

信濃へ

にじり口

たまに他人とのあいだに、強い憤りや怒りが生まれて我ながら驚くことがある。自分の感情がこれほどはっきりすることがあったのかという思いである。その日喬生は、その種の感情にいっとき揺すぶられて驚いた。ふだんはどこかに隠れていたような感情が、目に見えて持ちあがるのが思いがけなかった。

日ごろ喬生の心はきわめてあいまいに動いている。激情といったものがそこから生まれるとはなかなか思えない。自分の心の眺めは平坦なまま、それが変わることはもうないかもしれないとどこかで思っていた。

ちょっとしたことでそれが変わった。何でもない職場の変化からだった。その春、喬生のすぐ上の課長が変わった。すると、顔を知らなかった新しい課長といつしか対立するかたちが出来てしまった。はじめそれは、ほんの行きがかり上の、ほとんど冗談めいた対立にすぎなかったのに、そのかたちを変えることがだんだんむつかしくなっていった。

そんな人間関係の場があり、激情もまたそこに生まれる。その日喬生は、課長と正面から向き合い、激しいことばを交わさなければならなかった。思いがけず個人的な憤りが生まれてしまっていた。

都心のオフィスに毎日人が寄り集まって、ひとつの場をつくっている。見ようによっては、それは変に強固な関係の場である。その場にとらわれて、自分が少なからず別人のようになる。職場を離れるときなどに、その別人とその場が見えてくる。ひとりになってそこから遠ざかるときに、それははっきりと念頭に浮かんでくる。

半ドンの土曜日だった。午後は苑子（そのこ）と会うことにしていた。喬生は会社を出、オフィス街を横切って歩きながら、少しずつ平静に、そして独りになっていった。会社というものと一緒に、さっきまでの自分をうしろへ放り捨てる思いで歩いていた。地下鉄駅へおりていくころには、その日半日の関係世界からともかくも抜け出せたと思うことができた。

小石川の護国寺まで行った。着物姿の苑子が、石段上の山門の前で待っていた。寺で大きなお茶会があった。苑子は最初の免状をもらったばかりだったが、午前中にある茶席の亭主をつとめ、その役から解放されたところだった。

閑静な寺に女性ばかりが大ぜいいた。会社から駆けつけると、男たちがそっくり抜けた場所を女たちが埋めているというふうに見えた。「庵」の名を掲げた茶室がいくつもあった。着飾った女たちが茶室と茶室のあいだを動いていた。

ここにはいない男たちの世界があらためて思い浮かぶ。あれはいまの時代の表舞台というものかもしれない。が、回り舞台が一転すると、それがあっさり消えて、女たちでいっぱいの裏舞台が現われる。着物姿の女たちの静かなざわめきと香りの世界がある。喬生は、現われた裏舞台へまぎれ込んでいくのを喜んだ。きょうはこれで自由になれたと思った。

さしずめ苑子は、こちら側で待っていたのよ、と言うかのようだった。彼女の姿は思いがけず年増ふうにきりっとして、日ごろ見馴れた姿とは違うものが、そちらの側に立っているというふうに見えた。苑子はたまたま行き合った社中の仲間と、声をひそめてちょっとした話をした。女たちはだれもがひそひそ声で話していた。

苑子と二人、ある茶室の前の行列に並んで待った。二人一緒にそこの茶席の客になるつもりだった。苑子の萌黄色の綸子(りんず)を着た華奢な姿は、もっと若くて体格のいいまわりの女たちとは明らかに違っていた。襟足の脂気のない薄い肉に、若い娘の張りはもうなかったが、それが綸子の着物によく合って見えた。

女性ばかりの列の上に、十月の木もれ日がまだらに明るかった。低い松の枝がふとした風にざわめいた。その音を聞きながら、喬生はこんな場所だからこそ、三十歳という苑子の歳に気がつくのだと思った。ふだんは、苑子がいまの若い娘と特に違うとも思ってはいなかったのだから。

茶室のにじり口が中から開き、茶席の女たちが外へ出はじめた。白足袋の足が次々に外の光のなかへ突き出されてきた。充分時間をかけて十人ほどが出た。

四畳半の茶室だった。喬生らは入れ違いに這い込み、きちきちに膝を詰めて十人が坐った。亭主の女性に言われ、苑子はためらってから正客というのを引き受けた。そして一人だけ前へ出た。茶事が始まった。

苑子はもちろん、ほかの女たちも皆手順をよく心得て、少しも遅滞するところがなかった。早目早目に次の動作にかかり、自在そうに事が運ばれた。苑子はさっき茶席に坐りながら、喬生のための扇子と懐中紙を着物の袂から出し、滑らせてよこした。喬生はそれらの使い方を知らないまま、ともかく女たちに遅れていちいち仕草を真似た。

彼女らは気持ちよさそうにひとりひとりの動作にとらわれ、お互いに目を交わすこともないのに、動きがおのずとからみ合っていた。亭主と正客を中心にしたその無言のからみが薄暗い小さな空間を満たし、いつしか喬生もそこへからみとられていた。女たちの無言の時間に誘い込まれるようだった。小さなにじり口から這い込んだ裏舞台の奥の薄暗がりが、少しずつ心地よいものになっていった。

客が多すぎたので時間がかかった。「お道具拝見」やら何やらは省かれた。外へ出たとき苑子は、「あんなものがなくてよかった」と、いっとき晴れやかな笑顔を見せた。秋日和の陽光が、親しく漂い寄せるように頬に触れた。苑子が小づくりな顔をまぶしげにすると、彼女が着物の似合う歳になっていることをまた思わされた。

五年余り前、喬生が苑子とはじめて親しくなったころ、女性の洋服ファッションが目に見えて変わった。スカートがどんどん短くなった。苑子もとつぜん、思い切り膝小僧を覗かせるミニ・スカート姿になった。彼女は新しい流行に従い、まだ自分に残る娘らしさを大胆に見せつけながら笑っていた。そのころ喬生がまず受け止めたのは、二つ年下の相手の目覚ましいような娘らしさだったが、その印象はいまも消えてはいなかった。

しばらくあたりを見て歩き、もうひとつ別の茶席の列に並んで、二人は再び客になった。苑子は今度は正客を引き受けずにすんだ。そのあと、苑子の師匠だという人のところへも寄った。その人の茶室で彼女が何やかや用をすませて出てくるまで、喬生は水屋口の廂の下に立っていた。狭い露地を若い娘たちが出入りしていた。喬生は彼女らの健康そうなぼってりとした着物姿を一人一人眺めた。日ごろ娘たちをいちいち見る習慣もその余裕もなかったと思った。

時刻はまだ早かったが、タクシーをつかまえ、上野の先まで苑子と食事をしに行った。豆腐料理の店のがらんとした座敷へあがった。燗酒を頼んだが、苑子は待ち構えたように盃に手を伸ばした。近年酒を飲むのが自然なことになっているらしかった。かつて喬生と親しかったころとは違ってきていた。

苑子は喬生のあと、二年前から別の男とつき合うようになっていたのだ。その男のことは、たまに会うたびに聞いていた。人並みに酒が好きな男のようだった。彼女は喬生の前で男の名を呼ぶことはなかったから、しばしば主語抜きの話のなかで、喬生はただ漠然と、自分ではない、別種の男を思い浮かべるだけだった。が、実際のところ、苑子は主語はあいまいなままで、その男のことを思わずくわしく話してしまう。まるで、最初の男にその後の経験を報告するのは当然だとでもいうように。

日ごろ苑子は、喬生に身辺のことを何でも話した。彼女には思いがけずあけっぴろげなところがあった。つき合ううちにそれがわかってきた。ちょっと馬鹿正直なくらいにあけっぴろげだと思えた。三年ほどつき合い、いったん別れたあとも、彼女は新しい男との経験を喬生に語らずにいなかった。喬生はそれを黙って聞くのが自分の役目かもしれないと思った。たしかにそれは、苑子がつくってくれた新しい役目にちがいなかった。

燗酒を飲むうち、客が少しずつ入ってきた。お茶会の寺とは空気がはっきり別のものになった。女性は目立たなくなり、着物を着ている人もほかにいなかった。苑子はようやく解放されたように、ふだんの調子に戻っていた。

苑子が両親と暮らしている家は、豆腐料理の店から遠くなかった。これまで喬生は、彼女の家へ送っていったりしたことがなかった。いつも苑子のほうが、下町の家から川のこちら側へ出てきていた。ミニ・スカートで飛びまわっていたころからずっとそうだった。

茶道の流派内のことなど聞くうち、苑子は彼女をそこへ誘い入れたという高校以来の友達道代の話を始めた。苑子は友達のことも、いちいちあけっぴろげにしゃべるいつもの調子になっていた。その女性のことは、前にも聞いたことがあった。金型の工場を営む家の娘で、結婚問題で父親とのあいだがこじれかけているという話だった。

「お父さんはその青年に、いずれ工場のあとを継がせる気で、娘自身より本気になってしまったっていうことだったね」

と、喬生は話を思い出しながら言った。

「そうなの。お父さんが自分の結婚みたいに夢中になっちゃって、道代のほうはだんだんそれがいやになって、抵抗し始めたのよ。お父さんの思いと彼女の思いが少しずつ方向が逆になっていって」

「家の生業にかかわる話なんだね。町工場の主人ってものは、娘の相手にはどうしてもあとを継がせたいんだろう。男の子がいなければたぶんそうなるよね」

「お父さんは彼をほんとに気に入ってしまったみたいなの。彼女のほうは、彼がいやなわけでもないのに、だんだんどうでもいいっていうようなことを言いだして」

「なるほどね。お父さんはそれが許せなくて、娘を憎むようになったんだろう。この前話を聞いたときは、ずいぶんこじれているようだったけど」

「それがひどいことになって、とうとう道代は家を出てしまったの、つい最近。もともと家を出たがっていたので、チャンスだったのかもしれないわ」

「そうか。父親とおかしくなる時を待っていたというわけか」

喬生は会ったこともない女性のことを、あれこれ想像しながら相槌をうっていた。苑子があけっぴろげにする話をずっと聞いていた。彼女と充分親しくしていたころもいまも、それは変わらなかった。だから、いつ会っても話は長くなった。

友達の道代とは違って苑子は、いまも両親の家にとどまっている。父親は勤め人で、あと継ぎを欲しがっているわけでもない。苑子はひとりっ子で家で大事にされて、喬生と出会うまで、ものをあまり知らなかった。だから何でも新しい経験になったのか、彼女はその自由を喜んだ。家に家業というものがないのがありがたいといわんばかりになっていた。

「でも、実際に道代が家を出るとなると、それはそれは大変だったんだから」と、苑子はなお勢いよくつづけた。「あたしも少し手伝ったから知ってるのよ。お父さんていうのが大変な人で、ほんと、もう気が違ったようになって。腕のいい人らしいんだけど、すごく偏屈で、道代とは生きてる場所も時代も違うって感じ。そのくせ、彼女が可愛いもんだから、やたらに干渉するの。外づらは悪い人じゃないのよ。あたしにだっていい顔してたんだけど、いったん怒りだしたらもう凄いの」

「たしかに厄介なおやじなんだね。でも、娘が可愛いだけでなく、娘の彼氏まで気に入ってしまうってのは面白いじゃないの。それがもとでこじれるなんて、何だかおかしい。それがいまの下町の話なんだね」

「あと継ぎがいないと困るからなのよ。そんな話ばかり聞くわよ。彼女はそれで動きがとれなくなって、お父さんと彼が親しくすると怒りだしたりして」

「でもその場合、ふつうは駆け落ちってことになりそうなもんだけど、そうはならなかったんだね」

「道代はともかく自由になりたくて、彼と一緒になる気をなくしていったのよ。どんどん冷たくなってしまって。でも、やっとひとりになれて、いまはもう元気。悩んでたころとは別人のようよ」

　苑子はそのあと、友達の話と区別がつかないような調子で、何気ないふうに言った。

「最近彼とは別れたのよ。二年つづいたけど、もうおしまいにしたの」

「え？　彼女は彼と二年で別れたっていうの？」

「そうじゃなくてあたしが。あなたのあと、彼と二年つづいたことになるのよ」

　苑子は着物の衿から首をすっと立てるようにしてそう言った。微醺（びくん）を帯びた笑顔が、座敷の明りを受けて晴れやかに艶立った。

　苑子のそのひとことで、彼女とのつき合いの全体が、一本の道のようにふり返られた。それは奇妙な関係だといってもよかった。三年ほど親しくつき合い、その後も時どき会っては話をする関係だった。いったん別れてからも、たまに会うことをやめずに来た。そのひとつながりの年月を、あらためて見通すような思いがあった。

　最初の三年とその後の二年、いわば一度目の関係と二度目の関係があったのだ。苑子がいま、男と別れたというのなら、喬生との二度目の関係にも区切りがつくことになる。苑子がそれをどう考えているのかはわからなかった。すぐに三度目の関係の話になるというのでもなかった。苑子は小さなお櫃（ひつ）から御飯をよそってくれた。可愛らしいひと山が茶碗に盛られた。苑子はまるで、俗事にかまけたあと音のない茶事に戻ったかのように、ひっそりと手を動かした。彼女の手のなかの茶碗の飯粒が、いかにも白く艶立って見えた。

五年前、喬生と関係が出来たころ、苑子はミニ・スカートが似合って、歳よりずっと若く見えた。すでに二十代半ばにさしかかっていたのに、新しい流行のおかげで五、六年若返ることができ、年下の娘たちと一緒に動けるのを喜んでいた。苑子はその若返った勢いを、まっすぐ喬生にぶつけてきた。そう感じられた。関係が深くなるのには彼女の側に勢いがあった。

だが、彼女にとってそれは、いわばまっさらの、はじめての経験なのだった。「何だ、こんなことだったの？」と、苑子は興奮を鎮めながら意外そうにつぶやいた。ほとんどぶっきらぼうなつぶやきだった。眠りからきょとんと目覚めたような、いかにもあけっぴろげな顔をしていた。

喬生のアパートでそんな関係になったが、彼女はふだん外を歩きたがるので、その後は街なかの旅館やホテルを使うことが多かった。苑子はそういう場所にもすぐに馴れた。彼女の自由の感覚が広がるさまがわかった。

季節がよければ湘南から伊豆のほうへ出かけた。喬生の役目はさしずめ彼女の休日の自由の水先案内だった。その都度行き先を工夫して、二人で海のほうへ出ていった。そんなありふれた行楽も、苑子はそれまであまり経験していなかった。こっちのほうのことは何も知らないの、と言った。彼女は中学生のように激しく泳いだり、別の日には松の木蔭でいつまでも海を眺めていたりした。漁港の食堂でふんだんに出る魚に目を白黒させることもあった。ちょっとしたことにいちいち初体験らしさがあった。苑子はふだんの暮らしの外へ、ずいぶん違う方面へ出てきているというふうだった。

湘南方面からの帰りに、しばしば横浜駅で降りた。山手の丘の谷間へ入り込むことがあった。谷底のようなところに古びたホテルが一軒、そして坂道を登ったところにもう一軒、小さな旅館があった。

ホテルの古めかしいダブルベッドは、進駐軍の時代を思わせるものだった。閉ざされた部屋の黴くさい臭いを嗅ぐと、米兵相手の女の嬌声が聞こえるような気がした。まだやっと二十年前のその時代のことを喬生は思ったが、苑子は何も気づいてはいなかった。ベッドに入っていると、港へ出入りする船の汽笛が、太くひと声、聞こえることがあった。港はかなり離れているのに、すぐ耳もとで鳴ったように聞こえ、苑子はひどく驚いた。それからあらためて、その港町らしさを喜んだ。

坂道を登ったところの旅館では、出てくる仲居の婆さんの感じがよくなかった。はじめ苑子は、露骨にじろじろ見られて腹をたてた。その日のミニ・スカートはずいぶん目立っていたのだ。が、やがて彼女はそんな目を気にすることもなくなり、下のホテルとはまるで違う窓の眺めが気に入ったらしかった。街なかとも思えない森の眺めが広がっていたのだ。

下のホテルは、いつも部厚いビロードのカーテンに閉ざされていて、カーテンを持ちあげてみても、何が見えるというのでもなかった。が、上の旅館ではそれが一変し、窓のすぐ外に、木々の生い茂る草深いような谷間の眺めがひらけていた。海でも街でもない山の自然が、待ち伏せしているというふうだった。

その日苑子は、東京の下町世界からすっかり離れた気分で一日を終わろうとしていた。はじめて坂道を登り、仲居の婆さんに腹をたてたりしたあとだった。寝室を出て次の間のカーテンをあけた苑子は、目の前に繁茂する谷の自然に驚いた。

「ほんとに山のなかに来たみたいで不思議。こんなところがあったのねえ、港町なのに」

「草ぼうぼうって感じだ。横浜は復興が遅かったから、いまもこういうのが残っているんだね。焼け残った谷に、木や草がこんなに生い茂っている」

「まだ明るいわね。きょうは海から急に山へ来た感じね。でも、よかったわ」

「ここは僕も知らなかった。明るいうちに、こんなところへ来てしまったね」

次にその旅館へ入った日は、すでに秋が深まり、日が短くなっていた。窓の外はまだ暮れきってはいないが、木立の蔭はもう墨の色だった。強い風が出ていて、あちこちで木の葉が飛ぶのが見えた。赤味を帯びた月が昇っているのがわかった。空の低いところに現われた大きな月だった。雲の動きが速く、月はその暗い雲に隠されることなく、いつまでも裸のまま残されていた。

月の出とともに、窓の眺めが変わっていた。この前の印象とは違い、谷いっぱいに木々が揺れてはいても、それはただの山らしい眺めというのではなかった。暗い木々のあいだに、人家の黄色い灯がいくつか浮かび出ていた。すでに夜の眺めだった。灯のなかに人の動きさえうかがわれた。まだ日が永かったころには隠されていたものが現われていた。谷がひらけていく先のほうには、街のネオン・サインを映した薄紫色の空が望まれた。

苑子は寝室の興奮から醒めて、低い空の大きな赤い月と向き合っていた。月は部屋へ横ざまに射し込むような光を持ってはいなかった。むしろ光をはぎ取られて裸にされた月だった。いかにもまる裸のものが空にかかっているというふうだった。

「こっちとおんなじ高さみたいだわ、あの月。こんなに向き合ってしまうのって何だか変」

苑子はほとんど気味悪そうに声をひそめてつぶやいた。

「ぬけぬけと現われたもんだね。妙なものが外で待ち伏せしていたって感じだ」

「ほんと。あんなことのあとで人を驚かして」

「ずっとあのへんにいたんだろうね。こちらを覗き込むこともできずに、あそこで待っていたんだ」

「雲に隠れそうで隠れないのね、いつまでも」

「あれはほんとに裸のまんまだな。地肌がすっかり見えてしまうような月だ」

冬が来て、その年は暮れるのが早かったように喬生は憶えている。忙しかった仕事が片づいたあと、大晦日の晩、苑子は下町の家をひとり抜け出し、やってきた。喬生がアパートの部屋を片づけ、風呂の掃除をしたりしているところへ飛び込んできた。

思いついて誘ってみると、苑子はすぐさまシャワーを浴びる気になった。タオルで髪を包み、裸になって、まだお湯のないバス・タブのなかに立った。喬生は風呂掃除のつづきのようにシャワーを浴びせていった。手のなかの石鹸を滑らせながら隅々まで洗った。足の裏まできれいにした。たしかに大晦日だ、今年いっぱいの汚れがきれいになっていく、さしずめ女の体の大掃除だ、と思った。

苑子は裸のままベッドへ走り込み、むしゃぶりついてきた。家から飛んで来たときの勢いが跡切れていなかった。彼女がこの一年で、性愛というものに充分馴染んだことがよくわかった。もう何の滞りもないようだった。

その晩遅くなってから、コートを着込んで一緒に街へ出た。新年が間近になり、人通りがしばらく絶えたようになる道を歩いていった。思いがけず寒気がゆるんでいた。霧でも出ているのか、夜の闇にやんわりと包み込まれる感じがあった。苑子がうれしそうに声を出すと、それがどことなくこもって聞こえた。

公園わきの坂道に沿って、ふだんは車が一列、隙間なく駐車していて、なかでカップルが抱き合っていたりするのに、大晦日は一台も停まっていなかった。そのぶん広くなった道を通る車もなく、二人は車道のまん中へ出ていき、センターラインを挟んで歩いていった。

裏道が突き当たる小さな崖の上のスナック・バーへ入った。明りを暗くした店内もひっそり閑としていた。美男のバーテンダーは無口で、影のように動き、客ににこやかに近づいてきて、紙に包んだ五円（御縁）玉をくれた。年越しにそんなことをしているあいだ、除夜の鐘はどこからも聞こえてこなかった。崖に面した窓からは、低地の街が見おろせた。音のない新年の、小さな暗い街だった。それは気持ちのいい虚ろさだとも思えた。

やがてカップルの客が何組か入ってきた。初詣での帰りらしかった。彼らは皆陽気な目をしていて、外では声をあげたりしていたのかもしれないが、店内ではごく機嫌のいい静かな姿になった。苑子はていねいに、舐めるようにカクテルを飲んだ。新しい客たちとは違い、彼女は初詣でにも行かず、除夜の鐘を聞くこともなく、川むこうの下町世界から離れて、以前は飲めなかった酒をこちらで飲んでいる。ついさっき、一年の汚れを喬生の手できれいに洗い落とした苑子が、いま思わず独りになって、薄暗い静かな酒場に坐っている。喬生はそんな苑子を肩の先に感じながら、あまりしゃべらずに、いっとき満たされる思いでいた。

店を出てからも、苑子はすぐに家へ帰ろうとはしなかった。表通りには日本髪の女性が出はじめていた。いつ雨が降ったのか、アスファルトがかなり濡れていた。小さな水たまりさえあるのが不思議だった。

霧が濃くなっているのがわかった。近道をする気で公園へ入ると、芝生広場のむこうの木立がもう見えなかった。まるで蒸気が湧き出たような乳色の霧が行手を遮っていた。ふだん見馴れた眺めが知らぬ間にかき消され、一変していた。

人の気配もなく、狭い視界に閉じ込められて、しばらく動けなくなるようだった。苑子はかえってそれを面白がり、わざと口をあけて深呼吸をし、霧を呑みこんだ。「パク、パク、パク」と声に出して言った。空気がほとんどなまぬるいという気がした。

「なぜこんなに暖かいんだろう。気味が悪いようだ」

喬生は立ち止まって、スナック・バーにいたあいだの気候の急変を受け止め直した。新年早々の変事のなかへ迷い込むような心地だった。最近こんな異常は珍しくないのかもしれないと思った。

「ほんと、不思議、不思議。気味が悪いけどすてき。暖かいから朝まで歩いていられそう」

苑子は霧のなかに声をこもらせ、乳色の遮蔽幕のほうへ向かって歩きだしていた。二人は公園を突っ切り、街へ出て歩いた。苑子はいつまでも霧の都心を歩きまわろうとした。どこまで行ってもほぼ空っぽの街だった。やがて彼女の髪は湿ってきて、さわると気持ちよく冷んやりした。

元旦の一日はひどいスモッグに蔽われた。が、二日になると朝からきれいに晴れた。年末までの人々の活動が残したスモッグが、元旦まる一日分残り、それが消えたあとの青空が広がっていた。気温は再びあがり、春の陽気になった。

苑子はあらためて訪問着を着てアパートへやってきた。彼女の着物姿を見るのははじめてだった。その改まった姿に、かえって下町娘の若さが出ていると思った。喬生はそれを大事にすることにして、その日は大晦日の晩とは違うつき合いになった。苑子にも異存はなかった。

さっそく二人そろって初詣でに行くことにした。春めいた街をゆっくり歩いて、曹洞宗の稲荷まで行った。山門前の石段を登るとき、苑子の身ごなしが美しいのに気がついた。彼女は近くに昔ながらの花柳界があるのを知り、自分も芸道に精進するつもりで御参りするのだと、殊勝げに言って笑った。

そのころ苑子はお花の稽古にかよって、華道にうち込み始めていたのだ。茶道のほうはまだ始めていなかった。

二人の関係は、その後二年ほどのあいだに、少しずつ平坦なものになっていった。苑子を見ても、感情の流れがゆるやかになっているのがわかり、その起伏にいちいち驚くようなことがなくなった。はじめのころ、川むこうから飛び出してくる苑子の自由感のあらわれに驚き、それを受け止め、応えていく関係を喬生は楽しんだが、そのころの刺激はやがて自然に弱まっていった。

喬生は自分のほうにも、関係を平坦にさせる心が働いているのを感じた。会社勤めをしながら、激しい思いをいだくということがなくなりつつあった。日常的に喬生の心はあいまいに動きつづけ、その平坦な心の状態をむしろ守ろうとしてきたのかもしれない。だからこそ、苑子とのあいだでも、はじめの新鮮さが失われてからも、喬生はことさらにそれをどう思うということもなかった。それはそれでいいだろうという考えだった。

ところが苑子のほうに、ふだん隠れていた感情がはっきり持ちあがる時が来た。ある日、ちょっとしたことからそれがうごめきだし、持ちあがり、その動きが大きくなった。体を揺さぶるようにもなりかけた。

感情は最後に燃えあがり、苑子の顔に血がのぼった。その色が消えたとき、彼女は調子を変えて、「もういいわ、おわりにしましょ」と静かに言った。三年の関係にケリをつけるのは自分だ、という彼女の意志が伝わった。

その日苑子は、喬生のアパートを出てから、坂の途中まで来て立ち止まった。そして、喬生をふり返り、見据えるようにしながら、同じことばをくり返した。

「これでおわりね。もういいから帰って」

そのまま別れることになった。が、そう簡単に終われるものかどうか、疑問が残る気がした。苑子もまた、自分のはっきりしすぎた感情をやがて疑い始めたのかもしれない。結果はといえば、その後二人は二度と会わない関係になったわけではなかった。

苑子が訪ねてくることはなくなったが、相変わらず電話をくれるので、また、たまに会うことになった。街で食事をともにし、長い話をした。半年近くたったころ、苑子は会うとすぐ、じつは知らせたいことがあるのだと切りだした。彼女に新しい男が出来たのだった。

そのことを彼女は多少恥ずかしげに、だが臆するところのない様子で話した。むしろ共通の関心事を報告するといった端的な話しぶりだった。三年つき合ううちに、苑子をそんなふうに変えたのは自分だったのかもしれない、と喬生は思った。

その後苑子と会うたびに、新しい男の話を聞くことになった。彼女はいつも、知らず識らず男の話を始めていた。時にずいぶんあけっぴろげな話になることがあった。それでも喬生は、彼女の話を聞きたくないとは思わなかった。

苑子は一年ほど前に転職していたが、男はその新しい職場の上司だという。彼女は職場のことを話すうち、男と深くなったいきさつを話しだしていた。二人でどこへ行ったかも面白そうに報告した。男が苑子を連れまわす場所が、喬生が彼女を連れていった場所とはだいぶ違っていて、それを聞くと男のことが少しはわかる気がした。

「彼は単純な人よ、あなたなんかよりずっと」と、苑子は半分からかうような光を目に浮かべて言った。「まあ、よくも悪くもまっすぐね。男くさいわね。だから、男の人らしく見栄っ張りでもあるわ」

「話を聞いているとわかるよ。つき合い方が全然違うね」

「あたし、あなたと一緒にいつも遊んでたような気がする。ずいぶん自由に遊ばせてもらったわね」

「いまは違うの？　もっと真面目なおつき合いなのか。それで、彼は男らしい役をちゃんとはたしてくれるんだね」

「男ってこうなんだ、って思うようなことがいろいろあるのよ。あなたはあんまりそう思わせない人だったから」

「たぶん彼ほど真面目じゃなかったってことだな。僕は女性の前で見栄っ張りなんかになる気はないよ。自然にやれればいいと思ってるよ」

「だから、あなたはちょっとぞんざいなんだわ、女のあしらい方が。ほんとはもっと大事にしてくれたっていいのに」

「そうか、ぞんざいなのか。やっぱり自然体だと物足りないってことか」

「ともかく、前みたいに自由な感じじゃないけど、あたしも違ってきてるみたい。変ね。いまのあたしがあなたに会ってるなんて、ちょっと変」

「会社も変わったことだしね。彼の顔を毎日見てるんじゃ、当然違ってしまうわけだ。あなたはいまの会社で大事にされているんだろうね。いつまでも遊んじゃいられなくて、前とは気分も違ってくるんだろう」

　その後、また半年ほどして会ったとき、苑子は会社の同僚の女性の話を始めた。その女性は、共通の上司である男と苑子の関係をいち早く嗅ぎつけて、急に態度を変え始めたのだということだった。

「すごい変わりようなのよ、あたしに対して」と、苑子は面白がって話した。「これまでいつもにこにこしてた子が急に無表情になって、すぐに目をそらすし、時どき敵意むきだしみたいになるの。日ごろあたしがちやほやされていると思ってるのかしらね。猫かぶってるだけじゃないのって顔して睨むのよ。たまに人があたしをほめるようなことを言うと、彼女はキッとなって、それは違います、この人は偽善者です、あたしは知ってるんです、って叫びだしそうになる。まだ気づいている人はいないはずなのに、彼女はだれよりも早く確信を持っちゃったってわけ。それにおかしいのよ。彼女がお茶くみ当番のとき、あたしの机にもお茶を持ってきて、黙って置いていくんだけど、それが机のいちばん端っこの、ちょっとさわれば下へ落っこちそうなところへ置くの。それ、わざとなのよ。あたしに近づきたくないってことかしらね。でも、きっといやがらせなのよ、それは」

　そんな話をするあいだ、苑子は生気に満ちた顔を火照らせていた。ほとんど他人の敵意に焚きつけられたような輝きがあった。喬生は前にそんな顔を見たことがあっただろうかと思った。いまの会社で大事にされているらしい苑子の裏の顔が見え、それが輝くようだった。彼女は喬生とは自由に遊んでばかりいたと言うが、いつの間にか知らない会社の人らしくなっていて、そういう苑子がここにいる、と思わされた。

　その後も彼女の話を聞く関係がつづいた。喬生はそれを悪くないと思っていた。過去三年のつき合いに戻って、あらためて考えることができた。その都度、過去に違う光が当たるようでもあった。転職後苑子が変わっていくらしいので、それを知ると、過去の見え方も少しずつ変わってきた。

苑子はしばしば自身の身辺報告に熱中していった。喬生の前で、会社でおとなしくしている自分の裏の顔を、みんな見せてしまうという勢いになった。彼女はそれを奔放に、うれしそうにやった。いたずららしく目を光らせながら、いつまでも話した。そして、喬生に何もかも明かしたところで、その先もうひとつのいたずらを持ちかけるというふうに、苑子は「またホテルへ行ってもいいわ」とこっそり言い足した。

それからは、会うたびにホテルへ行く関係に戻ってしまった。が、単純によりが戻ったということではなかった。苑子にはいったん別れたという事実を変える気はないようだった。別れてからの、たまに会って話をする関係に、あらたに以前の性の関係を加えてみるという、勝手ないたずらなのかもしれなかった。男との関係で会社内の「偽善者」らしさが出来てしまった苑子は、おそらくもう変わりようがないはずだった。

事実、苑子の体は別れたときのままではなかった。明らかに違ってきているものがあった。もう一段、熟したものが感じられた。彼女自身どれだけ気づいているのかわからないが、それは会社の同僚の女性が知ることのない「偽善者」の体というものかもしれなかった。

ホテルを出て、まだ夕食には早かったが、あいているレストランへ入った。梅雨の晴れ間の夕刻の光が明るかった。窓の外に、プラタナスの葉が青々と重なりあって見えた。雨期の植物の生育の勢いと、そのみずみずしい輝きが窓をいっぱいにしていた。店のなかはごく静かで、人も少なく、苑子はしばらく黙って食べていた。

いまの彼女の体の湿った艶めかしさが、窓の外の青葉の繁りから思い返されるようだった。彼女の生命の艶をそこに見るようだとも思った。

喬生は過去の苑子をまとめて思い返す気持ちになっていた。彼女がはじめて体験して、「何だ、こんなことだったの」と言って以来の年月が、ひとまとめになって戻ってきた。女の生命の一筋道が見えてくるようだった。

その後も過去の苑子との関係が、何度か間歇的によみがえることになった。だが喬生は、やがてそれをそのままつづける気にはなれなくなっていた。

男のことなら、苑子の話を聞いていればそれでよかった。不愉快に思うことは特になかった。苑子が会社の外にあらためて自由を感じ、自身をあけっぴろげにする様子は、むしろ好ましいともいえた。彼女が話しながら生き生きしてくれば、それを見ている瞬間を大事に思う気持ちにさえなれた。

だが、苑子と再びホテルに入り、もとの関係に戻ってみると、気持ちが多少違ってきた。彼女の体の動きに、見馴れない妙なものが現われた。そこから、相手の男の動きが見えてくるように思えた。苑子の話のなかの男が、彼女の体をとおして現われるのを見るのは面白くないことだった。結局、苑子が思いついたいたずらは、彼女の思うとおりにはいかなくなった。

男の性癖らしきものもわかってきた。苑子に嗜虐的な動きを求めるところがあるらしかった。そんな場面で苑子は、男を激しく叱咤する声を出したりするのだと言った。喬生はそんな声など聞きたくはなかった。

そのうち、苑子のいたずらは終わりになった。話を聞くだけの関係に戻った。そして、最近はそれも間遠になっていた。そこへとつぜん、「護国寺のお茶会に来て」と苑子が言ってきた。彼女がいつの間にか華道のほか、茶道にもうち込んでいたのを喬生は知らなかった。


苑子は男と別れると、会社も辞めて転職していた。新しい会社は、翻訳ものの版権の代理店で、前の仕事とは関係がなかった。お茶会のあと再び会うようになってから、喬生は新しい仕事の話をまたくわしく聞かされることになった。

苑子は本の版権の仕事はわからないことばかりだと言ったが、翻訳された本の題名はよく憶えていた。喬生はいちいち彼女の話を聞きながら、出版界の動きがわかってくるのが面白いと思い始めた。

そのうち苑子は、会社に届く新刊の翻訳本を、会うたびに持ってくるようになった。仕事が終われば本はいずれ処分されるので、社員は勝手に持って帰れるのだ。苑子は喬生の様子をみながら、興味がありそうなものを選んで持ってきた。少しずつ選び方を心得ていくのがわかった。

苑子は熱心に本を運んで来、喬生は会うたびに新刊本をもらって帰った。それが二人の三度目の関係というべきものになった。苑子が自分の過去に区切りをつけてからの関係だった。彼女はすでに生け花のほうの免許を得ていた。家に「生け花教授」の看板を出し、そのほかよその会社の女性相手に、出稽古もしているのだと言った。和室のあるオフィスで、仕事のあとの女性たちと一緒に花を生けているのだった。

男の話をすることはなくなった。前の会社の男はきれいに見えなくなった。そのあとに、男と関係していたころの茶道と、喬生と親しくしたころの華道が残るかたちになった。それから、高校以来の友達道代が捨てた男のことがあった。いまも苑子は見るに見かねる思いでいた。

その青年は勤めていた会社を辞め、彼女の父親の金型工場からも逃げ出し、関西の田舎へ引込んでしまった。彼は郷里でいま、温泉旅館に住み込んでいるのだという。

「彼女に逃げられたからって、会社まで辞めることはなかったのに」と、苑子は顔を曇らせながら言った。「でも、彼女はほんとに冷たかった。見てるとはらはらするくらいだった。でも、気持ちはわかるから、黙って見ていたの。家を出て、ひとりで暮らして、しばらく自分のことしか考えられなかったんだから」

「父親からすれば、揃って二人に逃げられたわけだね。さぞかしがっくりきたにちがいない。でも、そんな話なら、あらためて二人が一緒になるのが自然というものじゃないのかね」

「道代はもうそんな気持ちじゃなかったのよ。すっかり切替わっちゃって、お父さんに気に入られる彼を毛嫌いするくらいになって」

「たしかに、何はともあれ父親から逃げたかったたってことだな。でも、彼は彼ですべてを捨てて逃げ出したんだよね。東京にも見切りをつけて、たぶん逃げるしかなかった」

「そうなの。彼のほうもさっさと逃げ出して、しかもそれに勢いがついたようになって、いまではもっと先まで行くつもりなのかもしれない」

「彼は郷里に落着いたわけではないってこと？」

「そう。これからもっと西へ、九州から沖縄まで行きたいって言ってる。最近日本へ返還されたばかりの沖縄よ」

「しかし、別れてだいぶたつのに、彼女はずいぶんいろんなことを知ってるんだね。僕らみたいに別れてからも会っているのか」

「フフフ、そうじゃないわ。彼女じゃなくて、それはあたしが聞いたことなの」

「彼は関西なのに、どこであなたが聞いてきたっていうの？」

「最近あたし、ちょっと関西まで行ってきたの。道代の身代わりよ。彼を見てきてあげたの。ずいぶん久しぶりに彼と会ってきたのよ」

　苑子はそう言って平然と微笑した。喬生は、彼女が語る女同士の話は、もうひとつわからないところがあると思いながら、彼女の笑顔を見ていた。

苑子はもともと、秋の京都へひとり旅をするつもりでいて、道代に頼まれ、岡山の山地の町まで足を伸ばしたのだということだった。道代は、父親との関係で彼を翻弄することになったのを後悔し始めていた。時がたつにつれ、彼のその後を気にかけるようになった。とはいえ、彼に会いたいわけでも、彼とよりを戻したいわけでもなかった。苑子はそのへんのことを呑みこんで、彼を見てきてあげると言ったのだった。

苑子は彼が働いている温泉旅館に泊まることになった。何かと彼に世話を焼かれながら、彼の話を聞いた。東京の道代のいまの様子も伝えた。そんな役割はむしろ心楽しかった。彼は旅館の女性たちのあいだで雑用に追われながら、久しぶりに苑子の顔を見るのを喜んでいた。

「彼はそんな仕事はもちろん一時しのぎだって言ってたわ」と、苑子はまたくわしく報告する調子になった。「これからも一時しのぎの連続かもしれない。でもそれでいいんだ、って言うの。ここまで来たけどもっと先の土地がある。僕にとってはそれが頼りだ。希望にもなる。もっと西へ行くつもりだ。日本列島は長いんだよ。彼女と別れて僕の旅が始まったんだ。一時しのぎをどこまでもつづける旅になるだろうと思う。でも、心配するなって言ってほしい。何とも思ってはいないから。彼はそんなことを言いながら別れの握手をしたわ。遠い東京の町工場からここまで来て、ようやく晴れ晴れしたっていうふうに」

喬生はその話を聞いて、苑子の京都行きというのも、男との二年の過去から心の距離をとるためのものだったのではないかと思った。日ごろ男の話をしなくなった苑子ではあるが、心の始末をひとりで考えていたのにちがいないのだ。

喬生ははじめて、苑子の旅というものを思ってみた。苑子もおそらくもう一歩先へ行こうとしているのではないか。会社の男との関係で出来てしまったものがあり、それから解き放たれようとしているのかもしれない。日ごろ彼女は、お花やお茶の静穏な場所にいながら、ちょっとしたきっかけで動きだし、何か思い切ったことを始めてしまわないとも限らない。もしそうなら、ここまでつづいてきた関係は、そのときおのずから終わることになるにちがいない。

実際は、喬生が彼女から本をもらって帰る関係は、その後も変わらずにつづいた。苑子は喬生が興味をもちそうな本が何冊かたまるたびに連絡をよこした。三十代に入った二人が、そんな奇妙なやり方で会っていた。ずっと昔に二人がつないだ手が、いまなおつながれているというふうに。

「いまこんな仕事をしてるのも、あなたとおつき合いしてきたからだわね」と、苑子は関係をふり返る調子になることがあった。「外国の本の世界なんか何も知らなかったのに、それが仕事になっちゃって、あなたにいろいろ教わったわね。道代の場合、お父さんが割り込むかたちになって、彼女は彼とお父さんをどちらも裏切るしかなかったんだけど、あたしはずっとあなたと二人でやってこれてほんとによかった。あたしははじめから全部教わって、それがうれしくて勝手にやれて、いまもこんなことをしている。ずいぶんつづいたもんだと思うわ」

苑子は何となくしんみりしてそう言った。過去をふり返って、喬生に素直に礼を言うような言い方だった。いつにないことだった。だが、同時にそれは、過去を苑子らしく片づける言い方になっているようにも思えた。

護国寺のお茶会から一年余りたったころ、再び苑子に会った。喬生は会社を辞めてフリーの身になっていた。組織から解き放たれ、街へ放り出されたようなせいせいした気分で、少しやつれたような苑子の顔を見た。肌の張りがなくなったぶん、白さが目立ってきていた。

苑子は喬生の一身上の変化に特に驚いたりもしなかった。むしろ当然のなりゆきを聞くような顔をしていた。それより彼女は、自分のことで言いたいことを持っていた。

「あたしのほうもちょっと変化があって」と、苑子は冗談でも始めるような調子で言った。「会社によく来る出版社の人なの。また男が出来ちゃったのよ。つい最近よ。きょうはそれを聞いてもらいたかったの」

調子はいかにも軽かったが、何かそれ以上のものが伝わった。男と出来たり別れたり、いつものことよ、という調子でありながら、でもこれはちょっと違うの、と言っているのが感じとれた。自分で笑っているけど、笑いごとではないのよ、と彼女の顔が言っていた。

喬生は苑子との三度目の関係がこれで終わるのだと思った。苑子がはじめて男を知り、二度目三度目と重ねてきた関係が、たぶんここではっきり区切られるのだ。これまでの彼女の道は、いったんここで尽きることになるのだ。おそらく苑子はそう思い決めて、軽い調子で自分自身を笑っていた。喬生とつづけてきた関係を自分で笑いながら、喬生の前でいくらか恥ずかし気に肩をすぼめていた。

喬生は、自身が直接関わっていながら、ただ単に苑子のそばにいて、ずっと立ち会ってきただけかもしれないという思いになった。はじめのころこそ、彼女の自由の水先案内人だったかもしれない。だが、その後はといえば、走りだしてしまった彼女の生の立ち会い人でありつづけたように思い返される。

彼女の生は、いまや茶室の小さなにじり口のむこう側へ駈け込んで、そちらで何か思いがけないことを始めてしまうのではないか。そちらではどんなことでも起こり得るのではないか。喬生はそう思い、なぜかやつれて小さくなったような彼女の真面目な顔をしばらく見ていた。

道の奥

1

学生時代、彰はそのへんの土地に、ある感謝の気持ちをいだいていた。硫黄鉱山がある。三十分足らず乗るだけの鉱山鉄道が走っている。鉱山の背後は標高千六百メートル程度の山で、雪が消えると高層湿原の緑濃い天国になる。だが、その天国の夏の真最中でも気候のきびしさはよくわかる。一日のあいだに甘美と荒涼がすばやく入替わって、たしかにこれは北国だと思わされる山なのである。

彰は、山を越えたむこう側の谷間の温泉の女に、生涯最初の経験を与えられた。簡単すぎて妙なものであった。彰は二度とその温泉へ行かなかった。それでも、あとになってからそんな経験をありがたく思った。そのへんの土地を大事に思う気持ちになっていた。むしろ、谷間の温泉などよりその山自体が、何かおろそかにできないものに育っていった。

鉱山鉄道に乗って近づく山は、どこまで行っても低くなだらかなままの、やさしい山容である。うす青く横たわっているただの丘のようである。そのやさしい山が深い懐をもっているので馬鹿にできない。結局のところ、そんな山の深さの記憶といったものが残ったようだ。女そのものではない。女の顔かたちはもうわからない。

山へはその後もつづけて二度ほど行った。行って帰ると山はまた深くなる。東京暮らしの背後にいつも山が感じられる。そんな時代が彰にもあった。だんだん世馴れてしまうと山は遠のいた。この十五、六年というもの、彰は昔の山を遠ざけたまま、一度も踏み込まずにきた。そのあいだに硫黄鉱山は廃鉱になった。鉱山鉄道もバスに代わった。立派な有料道路が山を越えるようにもなった。

このたびは、まったくのところ、恐る恐るやってきたというほかない。彰はただ山が激しく変わってしまったのを見届けにくるつもりだったが、その気持ちを言うならば、それはたしかにおっかなびっくりである。ともかく強引にバスで運び込まれてやろう。紅葉見物の観光客が、山のこちら側からむこう側へあっけなく運ばれるなかにまぎれて、恥ずかしいものを見るような気持ちで乗っていよう。昔の山道を自分の足で歩く覚悟もなしに、急に思い立ってやってきた旅なのである。

きのうの朝、起きぬけに宿の温泉へ入りにいった。冷たい廊下をいい気持ちで戻ってくると、やって来た女中さんが部屋へ入ろうとするところだった。いかついい顔の、頑丈な体つきの初老の女である。彼女はこちらがすでに起きて歩いているのに気づいても、なぜかうわの空のようだった。

　彼女は朝の挨拶もそこそこに、気ぜわしく部屋へ入ろうとした。ドアをあけると、自分から先に入った。そして、ごく神妙な様子で襖の前に立ちどまった。がらがら声をすっかり改めた裏声で、

「ごめーんください」

　と呼んだ。

　浮き浮きした、わざと気どった明るい声であった。いかつい初老の女が、そのときだけ芝居じみて華やいだ。客の彰を起こすのなど何のおもしろみもないが、これは別だというふうに客に背を向けたままだった。彰は彼女のひとり芝居を見ながら声をかけた。

「もういないよ。明け方帰ったよ」

「あら、まあ」

　襖をあけると、薄暗い部屋に男の蒲団がからになっているだけだ。気の毒でならない。彼女は目に見えてがっかりし、かなぐり捨てるように華やぎを落としてしまった。

　彰は狭苦しい部屋をほとんどひとまたぎして窓辺へ行った。見あげると、軒と軒のあいだの小さな空が高くて、早くもまっ青に染まっている。あの山へ入るのに朝からこんな天気だったことがあるだろうか。

「その蒲団が小さすぎるからだよ。眠れないとか言って帰った」

「はあ、やっぱり、寝苦しくて。……でも、いい子だったでしょうに、きれいで」

「長くやってる子じゃないみたいだね。なかなかしっかりしていた」

「そりゃあもう、あの子は違いますから。古い人はだめなんですよ。ここで十年もやっているような人はとても、とても」

　膝をついて卓袱台の上のものを片づけながら、彼女は堂々とかぶりを振った。汚ならしいという気持ちが、顎の張った大きい顔いっぱいに浮かび出た。正直すぎる雄弁な表情が東北女らしくもない。前の晩彼女は、大いに自信があるという顔で、「何しろあの子はきれいだから」とすすめてくれたのだった。

　寝坊した女に声をかけるのを楽しみにできるような間柄なのかもしれない。彼女はただその親しさに生気づけられ、いかつい顔を柔げて、しばらく客など眼中におかずにすんだはずであった。それがそうならず、気抜けしたように客の相手をつとめている。彰もわざわざ相手をされるより、二人の女のちょっとした関係を目の前に見せてもらったほうが楽しかったかもしれない。

　季節が季節なので、小さな温泉町に客があふれていた。何軒も断わられた末、やっとのことで商人宿めいた家に泊まれることになったのである。部屋の窓の真向かいに、隣りのコンクリートの旅館の二階の男湯があった。窓から飛び移れそうに近かった。時どき裸の男がぬっと迫ってこちらを覗いた。

山の上は紅葉の盛りでも、温泉町の谷間はまだ青々としている。隣りの一階で宴会がはじまると、芸者たちの足袋の裏がこちらを向いて一列に並んでいるのが見おろせた。芸者たちはマイクを使って歌をうたった。マイクの歌声が筒抜けに聞こえる部屋に現われた女中さんが、取りもちをするのに本心から「きれい」と言って胸を張るようだったのも、実際に女が来てから、マイクのへたな歌のように何か気の毒に思い返された。夜が明け、彰が女の感想を少し親身に話してやれば、彼女はともかく満足するのかもしれない。もしかすると、男の蒲団に寝ている女を起こすのと同じような楽しみを、客の口から引き出したいのかもしれない。

だが、そうは思っても、彼女を喜ばせそうな感想は特になかった。女が腹這いになっていろいろ話したことは残っていた。話はいくらでも出てきた。方言がきつくてよくわからないところもあった。女が山奥の営林署に住みこんでいたころの話だった。息がつまりそうにきつい木の香を思わせるものが彼女の方言にあり、山の話全体がじっとり湿って重たくなるようで、朝になってもその感じが残っていた。

それがきのうのことだ。山は一日よく晴れていた。彰はいま、ここの山の古い地図がどうしても欲しいと思っている。きのう宿を出てバスで入った山が、まるきり別の山のようだったのだ。どこがどこだかわからず、古い記憶はばらばらになり、かきまわされ、彰は頼りない混乱のなかに落ちこんだ。それを何とかしたいので古い地図が欲しかったが、そんなものはもう手にできそうにないと思えば、もどかしさが募るばかりである。十五年前の地図がどこかで生きていることなど決してあり得ないほど、すべてが一変してしまっている。

きょう、山は雨で、冷えきっていた。盛岡の街までおりてくると、さすがに寒さはやわらぎ、雨もあがった。彰は一日山にいてもよかったのだが、山の上の宿はまだ暖房の用意がなくて落着けなかった。朝、傘をさして有料道路を歩き、昔遊んだ沼を見に行った。紅葉は霧の奥に煉瓦色を敷きつめたようであった。冷たくて一時間と歩いていられなかった。

ばらばらにされてしまった記憶をどうつなげ直したらいいのかわからない。昔の道がどこをどう通っていたのか、いまだに雲をつかむようだ。大規模な有料道路が山を貫いたおかげで、場所と場所の関係がまるきり変わってしまった。関係を昔のように組み立てなおそうとすると、まるでパズルのようである。地名さえところどころ変わっている。

彰のような者でさえ、いまバスで山へ入れば、バスの走る立派な道路を中心にすべてを見る。すると、それはもう別の山になる。新しい道は、昔の山道とは関係なしにとんでもないところを通っているらしく、たまに見覚えのある場所が現われても、予期した方向とは逆だったりする。意地悪くからかわれているようなものである。そんなふうに記憶が引っくり返されてしまうと、夢心地めいた気分さえやってくる。

一昨晩の女は、はじめて男を知ったときのことを話した。ずっと奥の営林署の小屋で、男ばかりのなかに一人まじって炊事をしていた。そんな暮らしが少しも気にならないほど「おくて」だったという十年も前のことだ。

女の言葉は書けばこんなである。

「わだし、一人っこしてにぎやがにしてたのし。淋しいと思ったこともねがったし」

女は目を見張るようにしていくらでもしゃべるので、相槌をうつだけでいいのだが、その代わりうっかりしていると、いつの間にか外国語のようになっている。聞きとり練習の教室でつい緊張をゆるめたときのように、わけがわからなくなってあわててしまう。

「あそこだばみんな親切だっけ。もし何もねがったんだば、わだし、ずっと山ん中さいてあったんだべか」

今でも山にいただろうかと感慨深げだった。

「炊事番がたった一人じゃ休めないね。山からおりることはなかったの？」

「おりてえとも思ってねがったの。何とも思わねがったのしな。わだしの実家、旅館やってるの、××温泉の」

「へえ、そうか。旅館と営林署じゃずいぶん違う」

「ああいう客商売って、わだし、好きでねがったの。今だばそれでも芸者やってるけど。家さ帰っても仕方ねえし、……山でええと思ってたのしな。男の人ど、みんな気イ遣っていてくれたんだなあ、やっぱり。あそこのことだば、何でもえく憶えでるサ、今でも」

「深い山奥だと、かえって若い男とは出来ないもんかな。そんなに歳の上の人か」

「ンだ。して、金のある家の人だった。奥さんとわらしこば、家サ置きっぱなしにしてたのし。

山ん中でずっと一人っこでやってた。同じ営林署だばってし、山、そこばりでねくて、ずいぶんあちこち、……十年以上もそんた暮らしでしな。わだし、その人に、帳簿取ってきてけれって頼まれたことあった。机のひきだしサあるって言うから、あけてみたら、帳簿なんてねえのし。ヌード写真ばり、いっぱい入ってるの。たまげてしまったサ、ほんとに。わんざと見せる気だったんだべな。わだし十九だった。その時だばいやらしい人だと思ったサ。帳簿ねがったってしゃべって、わだし、知らねふりしてたのし」

彰は聞きながら、山の目近（まぢか）へやってきたものだと思った。どうやらここに山がある。ずっと奥のほうからここまでおりてきた山が、この蒲団のなかにある。自分が知っている山は観光道路によってとっくに開かれてしまったが、おそらくもっと奥の山もすでにしらじらと開かれ、白日のもとに明け渡されて、山の女がここまでおりてきているのである。女の十年というのがたぶんそれなのだ。

十年も、あるいはそれ以上も、彰が目を向けずにいたあいだの山が、そっくりここに肌を接していると思えば奇妙で、何だか手軽に旅の突当たりへ来てしまったという気もした。体がぽかぽかする、熱いような突当たりだった。口の中にこもってしまう女の言葉の重苦しさも、こちらの鼻づらにぶつかる肉の重さのように感じられる。

明け方女が帰ってから、すばらしい天気になった。彰はようやく十五年ぶりに山へ入り、一日中、バスを何度も降りて歩きまわった。そして気持ちよく日に焼けた。もちろんそれは、現在の、新しく整備された観光地の行楽であり、日焼けであった。昔の道の要所要所はたしかに見つかった。だが、そんないくつもの地点が、かつて経験がないほどの晴天にさらされた新しい山のあちこちに、何ともいえず気まぐれに、ただばらまかれているも同然だったのである。

　山頂で、池と湿原を見おろしながら、レンジャーの腕章をつけた男と話した。道路は少しそれているので、山頂の池のあたりは観光客の混雑から隔てられて、いまでも案外静かなままだった。昔の無人小屋は新しくなり、中には電話がついていた。レンジャーの男は見かけより若いらしかった。不思議そうに彰を見返し、

「道なんか、すぐになくなりますから。十年前でも、私らもう知りませんからね」

と言った。レンジャーというのももちろんいまの仕事で、その立場に立ってはね返すような調子が感じられ、立ち入りようもなかった。

「あんた、歳(とし)なんぼ？　二十代？」

と、温泉の女が聞いたとき、彰はほんとうの歳を言わなかった。女が三十近いようだったので、ちょうど三十だと答えた。

「だめだサ、遊んでばりいて。早ぐ身イ固めねば。このあたりのオナゴだば好きでねスか？嫁っこサ行きてがってる人、いっぱいいるどもなんし。あんた、セールスで歩ってるの？　景気ええんだスな。ンだども、あっちゃこっちゃ歩いて、どこでもオナゴ呼ばって、金使ってるようだば、だめだサ。一人前に身イ固めねば、何もできねサ、男は」

谷間の温泉は、昔も大旅館があって賑わっていたから、変化のほどがよくわからなかった。じつは何もはっきり憶えてはいなかったのだ。そもそも、二十年前の自分がどんな様子だったか、まるで思い浮かべることができない。旅館を探して温泉町をひとりで歩いているところは、いつの間にか空白になって、記憶ではとつぜん旅館の部屋が出てくるのである。

それでも、鉄道の駅から急坂を下っていく道筋には覚えがあった。なるほど、地形を憶えていた。そこらは全体に上品そうに新しくなっていた。新しいものの明るさを漠然と感じた。それだけだった。

坂道をおり、ごみごみした町なかへ入りこんでから、そういえばこれだった、と家並みを見て思い当たるものがあった。昔の旅館は探してみてもわからなかった。小さな古い家だったから、今ではコンクリート建てに変わっているのかもしれない。あとから思うと、今度泊まった宿の隣りの、芸者たちがマイクで歌をうたっていた家あたりがそうだったのではないかという気がしてくる。ただ今度の宿は、彰がはたちだったころから少しも変わっていないのではないかと思える古ぼけた家で、木賃宿めいて、昔泊まった家に何となく似ていた。たぶん当時はどれも同じような旅館が軒を連ねていたのであろう。

翌朝、鉄道の一つ先の駅から山へ入るために、湯けむりの立つ坂道を駅へのぼっていった。列車が動いたかと思うと、温泉町はたちまち見えなくなった。その「たちまち」という感じを、彰はたしかに憶えていると思った。

渓谷は沿線でそのあたりがいちばん深い。切り立った山の木々もまだ青々としている。その紅葉前の谷の青い自然のなかに、古ぼけた宿も女も呑みこまれていく。温泉町が、列車の足もとのずっと下へ沈みこんでしまう。そのあっけない、たちまちの、はかないような消え方を、彰ははたちの時と同じような心で思っているのに気づいたのである。

2

雨に降られて山をおりてしまっても、そのまま遠くへ行く気にはなれない。簡単には離れがたい気持ちがある。盛岡の街で、レストランなんかへ入ってぐずぐずしている。まだやっと昼を過ぎたばかりだが、どこか近くで泊まってしまおうかとも思う。

何とか古い地図を手に入れて混乱を収めたいものだ。長いあいだの固着を解かれてしまった記憶が、ばらばらになって、あっちへ行きこっちへ行きしている。二十年前の性感覚など思ってみても、人のことを想像するのとあまり変わらない。体のなかに幕のようなものが垂れている。この二十年の年月が幕で、それが垂れているということが一種の不快感になっている。

不快感はむしろ夢心地でもある。新しい山は夢のような気がする。自分がどこにいるのかわからない不思議さがいまもつきまとっているのだ。むつかしいパズルを思いきれずに、また何度もやりなおしたりしていると、もどかしい夢心地は跡切れなくなってしまう。

彰は一昨日の女が置いていった煙草を出してのんでみた。ふだんのんでいるのより上等でうまかった。中身がたくさん残っているのに女はいらないと言い捨てて帰ったのだが、それをのみ続けていると、もどかしい気分のまん中におかしさが生きてきて、「いま」という一点がそこに浮かび出るような気がした。機嫌のよさそうな、しかも半分つまらなそうな、ほの明るい笑顔を思わせる一点である。彰は特に女のことを思うわけではないが、これは女の煙草だということはずっと思っているのである。

女の言葉が外国語のようになるときも、彰は半分のいらだたしさと半分ののんきさで一種の夢心地を味わっていたのだ。気を許してしゃべればしゃべるほど重たく不明瞭になる言葉を、実際何割くらい聞きとっていたであろうか。思い返せるのは彼女にしては明快すぎるようなせりふばかりだ。それ以外は肉の印象に紛れこんでしまったのだ。というより、言葉のほうこそ肉で、女の体自体はその余りものといったところさえあったのである。

「はたちくらいの頃の顔、だいたい想像できるよ」と彰は女に言った。「目が黒くて、クリクリしていて、ほっぺたが赤かっただろう？　体もたぶんいまより太っていて、コリコリした感じだっただろう？」

「ンだ！　ほっぺたが赤（あげ）がった。まるで赤がったサ。して、太ってた。わだし、おくてだったの。ほんとにおくてであったなあって、このごろよく思うしヨ」

昔の女といちばん違うところは体がヤワなことであった。抱かれると厚みが消え失せ、昔はぼってりした田舎娘と思って抱いたがいまはそんな抵抗感もなくて、芯が抜けたように頼りなかった。頬の赤味がなくなっているばかりか、体全体がすっかり白くなっているようであった。営林署時代のしっかりした体が一変して、「上品」になったといえるであろうか。この何年かの生活で変わった体なのだ。「ここで十年もやってる人はとても、とても」と女中さんが、汚いものから顔をそむけるような調子で言った、そういう生活である。

「十年もたっているがら、もうじき定年だネ。どこで何としてるごとやら」

と女は、最初の男を思って歌うような調子になった。

「わだし、そのころだば、ほんとになんも知らねがったのし。怖ろしくて、うしろサうしろサ必死で逃げで。たンだオイオイ泣いて、泣き寝入りしてしまった。そのあした、その人、一人して起きて御飯コ炊いてたヨ。わだしのごと可哀そうだと思ったんだべな。それでみんなにわがってしまったと思うの。あそこだば、若え男の人だば何人も居てあった。みんなやさしくてええ人だったども、わだし、若え人とは何もねがったの。晩げになれば、わだしの部屋の窓のどこサ来て、ギター弾いだりして、近づいてきたっけが、若え人にはそんた気持ち全然起きねがったのし」

彰は今度来てみて、東北地方へ入りこんだという気持ちになかなかなれないのに戸惑った。鉄道沿線の眺めが、どこまで行っても昔の東北のようにならないのだ。工場も家も増えすぎていた。社会が石油で動くように切替わってからの変化を知らずにいたわけである。

営林署は天然の広葉樹を切って杉や檜を植えつづけてきたのであろう。どこへ行っても「木炭エネルギー」のころの山村が壊れたあとの風景が変に明るい。営林署はいまも広葉樹を切りつづけているが、女は四十男と別れて山をおりた。秋だというので、人々はまだ残っている広葉原生林が色づくのを見に車で押しかけている。

今朝、彰は山の温泉小屋から傘をさして出、近くを歩いてみた。温泉小屋の発展ぶりも目覚ましかった。いまや小屋どころか、ひどく嵩高（かさだか）な建物の群れが、紅葉の谷をいっぱいに塞いでいるのだ。昔は、小屋から小川沿いの小径を行き、林を抜けるときれいな沼へ出た。今朝、そんな道はもうないと言われて、彰は上のほうを通っている有料道路まで登り、濡れたアスファルト道を歩いていった。道路が広く切り開かれたせいで、雨に閉ざされているのに山が明るかった。

下り坂になって、道路は沼のところでほぼ同じ平面を通る。昔のように、森の中がぽっかり開けて沼になるのではない。道路のために開かれた場所が少し広すぎるようだと思って見ると、左手が水面らしいことがはじめてわかるのだ。ただ霧が這っているので見晴らしがきかない。水際を埋めている紅葉の煉瓦色が、かすんだりはっきり見えたりしている。時どき車が激しく水しぶきをあげ、背後を駆け抜けていく。長く立ちどまっていられないほど冷えてくる。

二十年前、沼は湯治客向けの釣り場で、すでにボートなんかもあった。若い娘の登山客もたくさん入っていた。温泉小屋はまだ混浴のままだったが、浴場で東京言葉を派手につかいながら体を洗っていた娘を、秋になって大学の構内で見かけたりした。そんなのが木炭エネルギーの時代が終わろうとするころの山の旅だった。浴場の女子学生は、男を寄せつけない響きをもった東京言葉をまわりに向けて放ちながら、自分ひとりの裸のテリトリーを守っているようだった。

温泉小屋は、地熱で温かい土の上にただゴザが敷いてある。その上にザコ寝をするだけなので、百円で泊まれた。客がめいめい持ってくる米を集めて宿で炊いてくれた。彰は弘前から来ていた娘たち二人とザコ寝をし、混浴をし、沼で遊んだ。彰ひとり先に浴場から戻ってくると、彼女らを連れてきた男が、人の顔を見ながら、

「あの子たちほんとに入りに行ったのか。……大した度胸だなあ、それは」

と、半分とぼけた調子でひとりごとを言った。まだ若い高校の先生だった。

その時分の旅を思うと、これまでの自分の経験の世界が、漠然と二つの層を成しているように感じられる。今の経験の層の下に、もっと別の手ざわりの、石炭や木炭の時代の層がある。そんな二層の感じが少しでもはっきりする瞬間、身うちが明るむような喜びをおぼえる。いくつかの層を経ていく、縦に過(よぎ)っていくということに、自分の足の血のめぐりを実感できる気がするのである。

たしかにそれは、今も旅を歩いている足である。こんな気まぐれめいた、怠けがちの旅でも、足の血がめぐる感じが過去につながっている。足が記憶を過っているのだとも思う。

かつて山のあと、温泉町へおりて女を知ったとき、別れたばかりの弘前の娘たちのきれいな体と職業女の体とのあいだに、何一つ共通点がないようで変だった。目にまぶしいというところが、相手からみごとに削ぎ落とされていると思った。東京言葉をつかってはしゃぐように頑張っていた娘の体もつるんときれいで、盗み見しないわけにいかなかったが、その娘を思い浮かべても、現に彰を誘導してくれている女とは現実が別になっているような気がした。

女は、毎晩来てやるから温泉に泊まっていろと言った。東京の学生さん、わざわざこんなほうまで来て、ここらの山歩いたってつまらない、温泉のほうがいいに決まっているでしょうにとしつこく言った。

彰はそんな経験を経るあいだに、弘前の高校の先生の心理を考えたりした。かつての教え子二人を連れてきていながら、彼は片方の子と親しみ、もう一人のほうはあまり構わなかったが、構われないほうの娘がよく目立つ美人だったのだ。どうして構わないでいられるのか不思議なほどだった。先生とくっついている娘は、顔立ちも姿も地味なのに全体が明るんでいた。美人のほうは遠慮しているらしかった。それでも、その遠慮の翳りが、目の黒ぐろと大きい顔の健康な肌の照りを強めているように見えた。

彼女が行きずりの彰のような学生と親しげにするのは当然の流れかもしれないと思っていた。もちろん、浴場まで一緒に行くつもりがどちらかにあったわけではない。それはただびっくりするような偶然にすぎなかった。それにしても、娘たち二人が、というより特に先生とくっついていた娘が、そんな事態をあらかじめ避けようとしなかったのはなぜだろう。先生とその子とはまだほんとうに深くはなっていそうになかった。だからこそ彼女は神経をつかって夢中だったので、先生の前を離れるとぞんざいなくらいになっていたのであろうか。

その夏の旅で、彰は硫黄の匂いや黄色っぽい土の色にいわば染まったようになった。いたるところ、きつい硫黄泉が滝のようにあふれている山である。熱湯と熱泥と有毒ガスの「地獄」もふんだんにある。彰は特に匂いが忘れられなくなった。心の底へ染みてくるような親しさと喜びが匂いのなかにあった。東京で硫黄の匂いを思い起こすと、山頂から谷へおりていく自分の足が浮かぶようだった。どこでも一歩谷へ入れば、深い地中から立ちのぼる刺激臭が、まるでこの世に女たちが生きている証拠のように嗅ぎ分けられる気がした。

そういう山が、彰が世の中へ出てからの東京暮らしの背後に、なおしばらく生きつづけた。彰はふもとの大きな鉱山町にも心惹かれていた。鉱員住宅のあいだを歩いて山道にとりつくか、あるいは逆に山道から住宅の群れに向かっておりてくるので、行くたびに鉱山の生活を見て通る。黒ずんだ長屋は一見貧しげでも、鉱山町の景気はよいようであった。丘の上にはコンクリートの大きなアパートさえ幾棟も並んで、当時の山の町には珍しい驚くべき眺めだった。山が硫黄の匂いをいっぱいに孕んでいるばかりではない。山のふもとには凄い量の硫黄が埋蔵されていて、戦後の鉱山町が賑わい、栄えていたのだ。

会社勤めの毎日でやがて彰も世馴れてしまった。忙しくなり、山のことも忘れたころ、その大硫黄鉱山が廃鉱になった。硫黄などは石油の精製の過程でいくらでも作り出せる時代になっていた。彰はあれほど賑わっていた鉱山町が、すっかり空っぽになるところを想像しようとしてもできなかった。三年ほどして、その無人の町に火がつけられたという記事を新聞で読んだ。観光客用の有料道路から見える廃屋の群れを焼いてしまおうというのである。鉱山で生きてきた土地が観光客に頼るほうへ切替えねばならないので、「美観」の邪魔になるものを焼き払ってしまおうという計画である。

新聞には、わざわざ飛行機を飛ばして撮った「天を突く黒煙」の写真が出ていた。消防団員が灯油やガソリンをかけて火を放つと、ゴースト・タウンはたちまち燃え盛り、一時間ほどで灰になったということだった。

彰はきょう、温泉小屋から山の頂上を越えて、鉱山町の焼跡へおりるつもりだった。わざと山のむこう側から登って、鉱山の跡を見るのを最後までとっておいたのだ。ところが、朝から冷雨に追い立てられることになった。霧で何も見えない山を越える気にもならず、バスの都合もあってまたむこう側へおりてしまった。そして、山裾をめぐっている鉄道で大まわりをして盛岡まで来た。じつに簡単に、乗物ばかりで平地へおりてきていた。

山の温泉小屋の浴場は昔のままだった。浴槽も洗い場もすべて木造りの大きい建物が黒々としていた。人が一人も入っていなくて、ただ硫黄の匂いがむんとしていた。

弘前の娘二人が窮屈そうに衣服を脱いだ脱衣所も憶えているとおりだった。あのとき、脱衣所には人がいっぱいいた。彰は弘前の娘たちがいるのにびっくりし、彼女らがたぶんこちらに気づかず背を向けたまま、緊張した一所懸命の手早さで一気に服を脱いでしまうところを盗み見した。浴場も混んでいて賑やかだった。広い浴場へ入ってしまえば、娘たちも彰も平気で笑って話すことができた。

たしかに、あのとき二十歳の彰は脱衣所で感動していた。それがいつの間にか決意みたいなものを生み出していたのだ。娘たちの背中とお尻が、あまり明るくない裸電球の光にするするとむき出しにされて、これほど白くてきれいなものがこの世にあるかと思うほどだった。光の具合がよかったのか、あるいは混雑した男たちの裸との対比からか、あれ以上に美しいものをその後も見たことがない。山を下るときに、決意が急にはっきりと持ちあがってきた。東北という魅惑的な土地の山旅が、一つのありふれた決意のほうへ高まってきていて、彰はもうそのことしか考えられなかった。当然ながら、行きついた温泉の女の裸は少しもきれいとは思えなかった。むしろ母親の裸を見るような具合の悪さがあった。

彰はだれもいない浴場の板の上をぺたぺた歩きながら、かつて脱衣所で感動したことと谷間の温泉での経験とをこれまで何となく別々に憶えていたが、あれはやはりつながっていたのだと思った。むしろ、そのつながりが簡単すぎ、あからさますぎるので忘れようとしたのかもしれなかった。

人声が聞こえ、だんだん大きくなるのでそちらへ行ってみた。声は窓の外から聞こえてくる。

外なのに、どこか内にこもったような曖昧な音で、たくさんの女の話し声のようである。どうやら女湯らしいと気がついた。隣りに女湯が建て増されているようだ。

いまでは脱衣所も当然別々になっている。そして、隣りの浴場ばかりでなくその脱衣所からも、大勢の女の声が聞こえる。大した賑わいようである。昔と少しも変わらない男湯のほうは、不思議に男が消えてしまって、広さをもてあましたようにただがらんと暗い。

山へ来ている大勢の女たちは、昨晩彰の部屋へ来たような女とはまず出会うことがないであろう。彼女らと温泉の女とはやはり一緒にできそうにない。ざわざわと動きつづけている大勢のなかに、一人だけ動かない女を入れるようなことになるからだ。彰はそう思い、それから宿の女中さんが言った「古い人はだめなんですよ」という言葉を思い出した。人々が簡単に動いてしまう時代に、山あいの温泉宿に動かずにいると、それだけで人と違ってくるのだろうか。単に多勢に無勢の姿が淋しいだけではない。動かないでいると、そのことがたちまち汚れのようなものになってしまうのか。

一昨日の女は男と別れて山をおりてから、小料理屋で女中をしていたと言った。芸者に出るようになったのは三年ほど前のことだ。営林署の男は、一生困らないようにしてやると言ったが、妾なんかはいやだった。

「わだし、そんたら性分じゃねし。何だかおっかねぐもなったし、結局別れたのしヨ」

女はもう帰ると言いだしてからもぐずぐずしていた。腹這いになり、枕もとの明りに向かって煙草の煙を吐きながら、何か思いつづけてひっそりとしてくるようだった。明日がつらいからと、働き方を頭で加減していながら、さっさと体をやすめに帰るというのでもなかった。

「お医者さんがいだっけ」

と、最近馴染んだ男のことを話しだした。こちらへ二年ほどインターンに来ていた若い男で、年下だった。

「わだしも歳をとったがらだねえ」

若い男と関係をもつようになったのはほんの最近のことだとしきりに言うのだ。

若い医者は週に一度は彼女のアパートへかよってきた。雨でも雪でも来た。インターン仲間を連れてきて泊まることもあった。その時分、馴染みの男がもう一人いた。でも、ほんとうに二人だけだった。留守の部屋へ両方が来て鉢合わせすることもあったが、そんなときは二人で仲よくビールを飲みながら炬燵にあたって待っているのだ。医者は別れるとき、ダイヤモンドと柱時計をくれた。柱時計なんてどうしてって言ったら、時計見るたびに思い出してくれって。

「その人、わだしが旅館やるときのこと考えてくれだんだ思う」と彼女は心なごんだ様子で言い、でも旅館の仕事は時間が不規則でやっぱり好きになれない、今は娘がやっているが、子供もあるからずっと続ける気かもしれない、と言った。

「わだしは何も悔いだばねえ。あと二、三年、しっかり稼ぐヨ。母さんは、結婚もしねでって、そればっかり心配するども、家サ帰らねで、まだ当分こうしていでと思ってる。うるさぐ寄ってくる男もいるども、……ちゃんと働く気ある旦那さんだったら、わだしもこれまでのごとだばきれいに片づけて、うまぐやるヨ。旅館を継ぐどなれば、完全に切替えられるヨ。もし結婚する気になったらね、相手には最初からうんと悪いどこ見せてしまうなや。わだしの悪いどごを。そえで駄目になるあんだば、どうせだめだがら。旅館をやるってのも、しめえまで言わねえのし。それ目当てで寄ってくる男もいるがらしな」

さすがに秋で、夜はまだ明けなかった。女が帰ったとき、煙草を置き忘れていったのに気がついた。彰は追って廊下へ出た。どんなにそっと歩いても、やたらにギシギシ音のするボロ家である。人が寝静まってみるとそれがよくわかる。

女は階段をおりている最中だった。ひたすら音をたてまいと、こわごわ踏むので、彼女は踊るような恰好になっていた。宿の人を起こすまいと気をつかっているのがわかるが、それが陽気そうに見えた。

彼女は夜半に来たとき、アパートで風呂に入ってきたと言い、頭にスカーフを巻いていた。寒い夜道を薄っぺらなワンピース一枚で無造作にやってきたのだった。いままたその派手な模様の緑色の普段着の上に何も羽織らず、崩れた髪をスカーフでくるみ、子供っぽいビーズのハンドバッグを大事にかかえておりていくのである。

女は気づいてこちらを見あげた。上から煙草が放られるのを手を振って拒んだ。そしてにっこりし、目を輝かせ、また神妙に踊りはじめた。客室の男たちの唸るような鼾が聞こえていた。

いかにも商人宿ふうに男ばかりが泊まっているボロ家だ。あっちからもこっちからも、闇夜にめいめい叫び立てているような男たちの鼾が筒抜けに漏れてきた。

夜が明け、彰は山へ入ろうとひと駅先まで列車に乗った。窓から見ていると、快晴の秋の朝のまぶしい光が翳りはじめた。青空の艶も一気に失せた。雨雲の中へ入り込んだように、あたりは見る見る暗澹としてきた。渓谷を抜け、次の駅で降りるとき、黄色い稲田の上に濃い霧がわだかまっているのが見えた。稲の穂に触れそうなところまで蔽いかぶさってくる、暗い煙のような濃霧だった。山へ入ってもきょうは何も見えないかもしれないと思った。

しかし彰はだまされていたのだ。それは、冷えこんだ快晴の朝、地表に湧くことのある層雲というものにすぎなかった。その日一日中、山の天気はすばらしかった。そんな晴天によって隈なく照らし出された新しい山に彰はまただまされて、昔とは違う道を歩けば歩くほど、夢心地がしつこくなるばかりだったのである。

3

彰は山の温泉小屋でもらった略図だけを頼りに、頭のなかで新旧の山道を重ねようと苦労していたのを、いい加減にやめることにした。そして、きょうもどこかこのへんで泊まってしまおうと思った。

外は風が強くなっているようだ。レストランへ入ってくる女客の髪が乱れて、顔に巻きついている。隙間風と一緒に、鼻の頭を赤くして飛び込んでくる。通りのむこう側の店の土蔵風の白壁が、薄日が漏れるたび、つかの間明るくなる。風が出ると盛岡の街も冷えびえとしてくる。時刻は早いが、きょうも温泉で暖まってしまいたいと思いはじめていた。

駅前のビルのてっぺんに広告の大看板が出ている温泉へ行くことにした。バスに乗った。途中で川をせき止めてダムの工事をしていた。バスが川底の広い工事場を渡ると、温泉町のはずれの高層旅館が現われた。古くからある温泉町は、支流の谷川沿いの坂道に小ぢんまりした家が並んで、全体が空家のように静まりかえっていた。

谷川の音ばかりが大きく、歩いてみるとすぐに行き止まりになる小さな谷間の温泉だった。いずれ人造湖が出来ると、これがそのまま湖畔の温泉というものに一変するのである。おそらく、だだっ広いような湖岸の土地に呑みこまれてしまうのである。

山の温泉小屋が寒かったのに懲りて、いまふうの暖房設備のありそうな家を探した。入ってみると暑いくらいで、部屋から広い庭が見えた。松の木のあるちょっとした山が借景になっていた。日が暮れて、その眺めが闇になるまで何時間かあった。山のむこうに月が昇ってから、みどり色の着物の女が来た。私の名前はこの色、と言って着物の胸もとを指した。みどりというのだという。

女を見ていると、平地へおりてきたものだという気がした。今夜の女はほぼ標準語だった。

温泉町は小さな谷に抱かれているとはいえ、このあたりは市外の平たい土地で、川が湖水になっても平原の水たまりのようにしか見えそうにない。そして、なかなか派手やかに滑るようにそばへ来て坐った女の言葉が軽い。最初からごく機嫌のいいしゃべり方である。

山以来の、わけのわからない、呪縛されたような気分から少しずつ覚めていくようだった。勝気そうな女の小さい顔が明るいのも、笑顔がすべすべと光って、ともかく美しいと思えるのも、現の眺めらしくてありがたかった。現在の山の不思議も、ちょっとした手がかりで簡単に正体がつかめるかもしれないという予感さえ動きはじめた。

みどりという名の女は、着物の色を指して名乗ったついでというように、きっちりその着物に包まれた自分の体のことを話題にし、淀みなく話してますます機嫌がよさそうになった。

「わたし、眉毛が伸びてしょうがないの。毛はよく伸びるたちなのよ」

と、大事そうに眉毛にさわってみて、

「あら、また少し伸びてる。いやんなっちゃうの。顎の下にも、ほら、ここんとこにすぐ長くなる毛があるのよ。こうやって顎を引くと、さわるからわかる。こういうことって気になるわね。それが腿にもあるの。ホクロが一つあってね、そこから伸びてる。いくら抜いてもすぐ出るの」

彼女は思わず着物の膝をめくって見せそうにしながら、それでも端然とした上体は崩さず、その代わり衿もとに手をもっていき、少し衿を広げてみせながら言った。

「わたし、ここの骨が飛び出してるのよ。これは車の事故。死にそうになったんですもの」

「運転していたの？　無茶をやりそうな人だ」

「助手席にいたのよ。でも、とっても眠くなって、うしろの席へ移ったばかりだったの。すごい正面衝突。骨が飛び出しちゃって、もう引っこまないのよ」

十和田湖のほうの田舎へ行った帰りで、夜になってからむこうを出て、まっ暗な山道を飛ばしていた。衝突のときは何もわからなかった。病院で気がついて、九死に一生だったと言われた。運転していた人は死んでしまった。あのときはさすがに一年も寝ていた、と彼女は勢い込んで話した。

「わたしの体なんてひどいもんよ。あっちもこっちもだめなのに、でも、不思議だわあ」

いま肝臓が悪くて、と言いながら彼女はお猪口を干し、晴ればれと微笑んだ。

「目の病気で一度ひどいことになったの。目の神経がやられる病気。珍しいんですって。最初、頭を開いて手術しなければだめだって言われた。でも、頭を開いても三年しかもたないかもしれないって言うの。わたし、絶対にいやだって言って、手術させなかったのよ。手術しても三年なら、勝手に好きなようにしようと思ってね、もうケチケチしないで、それまで貯めたお金をパッパと使って、食べたいものはみんな食べて、……それが何もしないうちに治っちゃったんだからおかしいでしょう？　先生も不思議だ不思議だって言って、それでわたしの例を学会で報告して、……」

何だかうれしそうな声が軽々と滑るのが気持ちがいいと思った。事実上、女というものと向きあうことが昔のあの山から始まっているのだとしたら、そういう二十年が彰にあり、今夜出会ったみどりという女は、ひとまず体のことばかり出してこの十年くらいの話をしているのである。自然な気合いで過去と過去が激しく擦り合わされるようで、彰はここの座敷で何か目覚ましいものを見るような思いになった。

山の紅葉の眺めが眼の奥に現われた。それは快晴の、隅から隅まで明るい山を貫く高速道路から見る紅葉で、かつてそんなみごとな盛りに行き合わせたこともなく、それほど見晴らしがよかったこともなかった。ダケカンバの原生林が黄金色に燃えたち、赤く映えて、谷という谷を埋めつくしていた。バスが進む道はこの上なくなめらかだった。夢心地の底を、つぶやくような機械音が支えつづけていた。

いまみどりという女を見ながら、そんななめらかな自動車道路のつづきを走っているところのような気がしてくる。彼女が車のうしろの座席で眠っているあいだに生死の境を越えかけたというのも、いまの世にありがちな、あまりにほんとうらしいことであった。彰は現在の時間の明るみのなかで、ありふれた危険を語る女を見ていることから、ある種の快味を探り出せそうに思った。危険な車が乗せて走る、ひどく際どい夢路の快楽が、座敷のこんな向かいあいのなかへも忍んできそうに思える。

彼女は日ごろ、東京あたりまではよく行くようなことを言った。車ばかりでなく、気軽にひとりで列車に乗って、移動が大きいようであった。ここの暮らしでも、朝早く起きて山へ飛び出していったりするのだった。早く目が覚めると山へ行きたくてたまらなくなる。このへんの裏山をせっせと歩いて、春はワラビ、これからならキノコをうんと採ってくるのだと言った。

「場所は人には教えないいんだけど、でもわたし、長いものが怖いもんで、つい友達を誘っちゃうの」

「ああ、蛇が多いのか」

「でも、蛇は露があるうちは出ないからね、朝早く行く。この旅館の近くも通るヨ」

「そこの借景の山?」

「ウン、そこ通るとき上から見ると、まだみんな寝てるわ。山からおりてくると女中さんなんかが起きててね、こっちがお金もらいたいような恰好だねなんて言うの。わたし、それはひどい恰好してるのよ、山へ行くときは」

「きっと子供のころもめっぽう元気よかったんだろうな」

「そりゃあもう、男の子みたいに暴れていたの。……春はワラビをうんと塩漬けにするから、あなたそのころまた来て。一人じゃ食べきれないからね、たくさんあげるから」

二十年前の東北本線沿線の緑の眺めが浮かんで、青々とした稲田の上を蒸気機関車の煙の影が走るさまが見えた。何とやわらかい緑の別世界へ入り込んだものかと、息をのむようだった。そんな別世界の入口の盛岡まで、汽車で十六時間くらいかかったが、それだけの値うちはあると思っていた。

　昔の彰の移動の道が、いまとははっきり違う時間のなかから掘り出されてくる。そして、それとは反対のほうからのろい支線の汽車で来た弘前の娘たちの道も浮かび出る。両側から山へ登って、温泉小屋の入口でぶつかり、一緒にすごしてそれぞれ反対のほうへ歩き出したあの二、三日間の動きの全体も、酔った頭にはっきりしてくる。すると、温泉小屋で娘たちの裸がむき出しにされていったときの感動さえ、いかにも蒸気機関車の時代の夢のように思えてくるのである。

　二十年前が夢なら今ももどかしい夢のようだが、目の前のみどりという女はくっきりと見えていた。彼女は「男の子みたいに暴れていた」という子供時代のことから、「女じゃないみたい」な自分のことを、ほとんど浮き浮きと話しだした。二十一で結婚しても、すぐには関係ができなかったという話をした。

「逃げて逃げて、蒲団もはみ出して部屋中ぐるぐる回るばっかりだったんだから、しょうがないわね。うんと我慢して、やっと成立してからだって、何でこんな棒はさんでなきゃなんないのって思うばっかりでサ。子供も出来なくて、三年して別れたけど、その三年間ずっとそう思っていたのよ」

「四年目からよくなったんだな」

「そうねえ、五年目くらいだわね。わたし、チンチクリンで、やせっぽちで、お医者さんは発育不全だって言うし、亭主はおまえは男だっていつも言ってたし。追い出されたんじゃなくて、こっちが逃げ出したようなものだったの。それがいやで逃げたい一心だったからネ」

「それでも旦那さんといまもまだ会ってるわけか」

「会ってるっていうんじゃなくて、別れた亭主の家へ行くのよ。『また来たよオ』って遊びに行くの。お姑さんもわたしみたいなのは気楽なんだろうね。悪い気持ちもしないらしくてね、いつ行っても喜んでくれるヨ。ほんとに喜んでくれるのよ」

「うん、そうか。お姑さんに会いに行くようなものか。村も懐かしいし」

「娘のころ、村じゃ男のなかにまじって土方なんかもやってたのよ。いつもトラックに乗ってワーワーやって、そういうのが好きだったのね。十九になるまで生理もなくて、そんなことはなんにも知らなかった。土方やってる仲間のおばさんが痔が悪くてね、みんながふざけて、おばさんのあとにトイレに入ると痔がうつるって言うんで、わたしもそういうもんだと思っちゃったの。ところがそれから少したって、わたしもほんのちょっとだけ血が出たのよ。それでトイレから飛び出して、ストーブのまわりに男が大勢いるところへ飛んでいって、うつっちゃった、とうとううつっちゃったって言ったらドッと笑われて、……」

　彰は、山のバスの窓から、昔の山道の途中にあった小さな湿原を、ある谷間の山腹に偶然見つけて驚いたことを思い出していた。バスが急坂を谷へ下りはじめたとき、むこう側の山腹の森の中にぽっかりと薄緑色の湿原が浮かびあがったのだ。彰はそれがどの道の湿原だったたかすぐに思い出すことができた。もっと目を凝らして見ようとする間もなく、たちまち角度が変わって、小湿原は紅葉の森のなかに没してしまった。まるで覗き窓をとおして見るような数瞬の眺めだった。新しい道は、そんな思いがけない角度から、いわば昔の山を覗き見させるようにつけられているのであった。

その覗き窓をとおして、座敷のなかへも昔の硫黄の匂いが流れ込んでくるようだ。噴気孔の音や、熱泥がブクブク持ちあがる音も忍び込んできそうだ。そして黄色い、というより白っぽく光をはね返す明色の土と原生林の紅葉と、それからみどりという十九歳の娘の初潮の血がわずかばかりそこに流れていてもよさそうな眺めが、まぶたのなかへ入り込んでくる。眺めのなかのその一点の赤が、やがて御神体のようなものになり、二十年前の娘たちの白い裸身もやはり御神体めいてくるような一つの山が、ごくありふれたものの具合のよさで彰のなかに収まりそうになるのだ。

「そりゃあ今はね、そんな前のことはまるきりウソみたいで、わたしも女になっちゃったんだけど」

「離婚してすぐここへ来たの？」

「すぐじゃなくって、わたし料理屋の御飯炊きから始めたのよ。住み込みだったし、そのころいろいろ覚えたんだわね。……でも、あなたどうして独りもんなの？　わたしに話ばっかりさせて、おかしいわね。そんな人珍しい」

「気持ちよさそうにしゃべるから、なんとなく見とれていた。いいんだ、それで」

「そのころからわたし、少しずつ女になってってね、姐さんがお客さん取ってるところをよく覗きに行ったの。障子に穴を開けてね、みんなでそおっと覗くのよ。あとで姐さんカンカンに怒るけど、『わたしのときも見ていいヨ』って言ってね。それでわたしのとき、来るかなあって思って待ってると、姐さんちっとも見に来ないの。来ないで恥ずかしがってるの」

「そうやって女になって、目の病気なんかして、お金すっかり使っちゃったら、そんなに楽しそうな顔していられるようになったってわけか」

「そうなのよ、不思議でしょう？　入院してるときも、どうせだめなら好きなようにしようと思うと何だかうれしくなってね、勝手に病院抜け出して三時間も遊んで帰ったら、みんなが大騒ぎで探してたこともある。ほんとにケラケラ笑っちゃった。そうやってお金どんどん使って、みんなきれいになくなったと思ったら、目も治っちゃったんですもの。まるで歌舞伎かなんかにあるみたいじゃない？」

　そのあと彼女は、彰がおりてきたばかりの山のことを言いだした。二、三日前行ってきた人が、盛りはすでに過ぎかけていると言ったという、山の紅葉についてである。彰にはそうも思えなかったのだが、土地の人のようには盛りが正確に見分けられないのであろう。昔と違って、車を持った地元の人がみんな行く山になっているのである。

　彼女自身も車でよく行くのだと言った。紅葉の色あいがいちばんきれいなところを知っている。それは一箇所というよりほんの一点で、誰も気づかずに車を飛ばしていくんだけど、自分は車を止めさせて毎年そこで見とれる。「なるほど、そういえばきれいだ」などと運転している男が言う。……

雨に降られなければきょう通ってくるはずだった旧硫黄鉱山に近いあたりである。彼女に場所をこまかく言われても、いまとなってはもう理解できない。有料道路以前に、長大なスキー・リフトが尾根へ架けられたのさえ、ずっと知らずにきたのである。道路から見てリフトの右手の山などと言われると、頭をかきまわされてしばらく悪あがきをしなければならない。

「あそこの色は何ていったらいいのかしら」と、彼女は陶然とした調子になった。「とても派手で、でも派手っていっても澄みきったような色で、明るくて、……それがほんとに一箇所なのよ。気をつけて見なければわからないのよ」

彼女の陶然たる調子は、しかしそこで終わらなかった。それどころか、いっそう幸福そうに明るんで、ほっそりとした小柄な正座姿をしゃんとさせ、彼女はある新興宗教の熱心な信者であることを漏らしたのである。九死に一生を得た話を勢いこんでしたわけがそれでわかった。盛岡のほうからだと、東京を越えた先の伊豆に教団の本部があって、彼女が東京へよく行くようなことを言ったのもそこへ行くことだったのである。

宗教のことを漏らしかけながら、彼女は一瞬、細い体の芯から色気が揺らぎ出るような羞恥の表情を浮かべた。彰はそのとき、彼女がこれまでしゃべったのよりもっと際どい性的な話をしようとして、思わず恥ずかしがったのかと思った。それから、際どい話のときは彼女はただ陽気なだけだったのを思い出し、目がうっとり細くなってしまった顔のあらたな明るみに見とれていた。

翌朝、部屋の女中さんが、今朝は特別に冷えこんだようだと言った。庭は蔭になっていてまだ暗いが、空を見あげると、すでに染まりきったつややかな青であった。暗い地面に目を転じると、まだ女がいた夜更けの、青々と凍りついたような月光の庭がそのまま残っていそうな気がした。

今度は盛岡側からもう一度山へ登ってみようと思った。昨夜眠っているあいだに、彰は知らず知らずそう決めてしまったらしい。昔の道がわからないのも、旧硫黄鉱山のほうから登ってみないからで、手がかりはまだ残されているはずだと思うようになったのである。

鉱山の焼跡へはぜひとも行かなければならない。昔の山とは、あの大きな硫黄鉱山が生きていた時代の山のことだ。硫黄の匂いや湯の奔流や噴気孔や熱泥の盛んな活動はもちろんいまも変わらない。硫黄の山は変わっていない。ただ、そこから硫黄を掘り出して繁栄していた鉱山と鉱山町がない。そして、それらがなくなってしまうことによって、山のすべてが変わったのだ。

宿を出るとき、あたりが急に暗くなってきた。青空が見えなくなった。温泉町の朝はただほの明るく閑散として、坂道のアスファルトが寒々しく固かった。山でまた雨に降られたら困ると思った。

バスが出てしばらくすると、窓の外の明るみが目に見えて斑(まだら)になってきた。明るみの強いところと弱いところがはっきりして、それらがこまかく入り乱れはじめた。やがて乳色の空から光のかたまりがいくつも湧き出し、光の先が地面に届いた。頭上の霧らしきものの破れ目から覗きはじめた真っ青な空が、うんと高いところを走っているように見えた。

日が照りつけてバスのなかへも射し込んだ。またたく間に雲ひとつない青空が戻っていた。何かに押しつけられているように地表を這う濃い霧がしばらく残った。それは稲の穂に触れんばかりのところに層を成し、真っ白に光ってまぶしいほどだった。

朝の層雲にまただまされたなと思った。射し込む陽にぬくまりながら、山での心の混乱が予想されてきて、彰は他愛のないだまされやすさを中年の体いっぱいに感じるようだった。

盛岡へ近づくにつれ、バスは市内へ通勤する人々で満員になった。男も女も身ぎれいな朝の勤め人たちは、隙間なくぎっしり立ってもひどく静かだった。彰は、硫黄鉱山とか炭鉱とか、いろんなものが次々と用済みになっていったことを思い、よく知らないよその都会のいまの静けさに身を潜める気持ちで坐っていた。

盛岡駅前で乗換えた直行バスが高速で進んで山が現われた。はるかかなたに、薄青いなだらかな山の背が見えてきた。まだ遠いので、地平線がただむっくり持ちあがっただけというふうにも見えた。ただそれだけのものだった。いったいどこまで行けば大きな有料道路をふところ深く呑みこんだ山になるのか不思議に思えた。

信濃へ

三月、花のころといえば、花に重ねて漠然と世の中の騒がしさが思われる。二月の寒さと静けさのあと、暖気とともに、人々の移動の気配が四方に起こる。入学、卒業、転勤の季節でもある。

だが、洋介にとってそれは、もっと性質の違う、非常時のざわめきといったものにつながっている。いまなおそのつながりを忘れてはいない。昭和二十年の花の季節、人々大ぜいが動きだしていた。洋介自身もその移動の動きのなかにいた。洋介は国民学校一年生を終えるところだった。

太平洋戦争はすでに最後の年になっていた。前年の十一月に始まるB29の東京空襲は、年が明けるといよいよ激しくなった。その冬は格別な寒さだった。夜、庭の防空壕へ入るとき、壕のまわりに霜柱が十センチほども盛りあがり、闇のなかで光っているのが見えた。警報が鳴るたび防空壕に飛び込んだが、西の郊外の洋介の家のあたりに焼夷弾が落ちることはまずなかった。

それでも、学校では親の田舎へ引越す子が増え、クラスの人数は半分になっていった。三月に入ると、Ｂ29三百機による無差別焼夷弾爆撃で東京の下町はほぼ焼き尽くされた。被災後の人々の動きが西の郊外へも伝わってきた。それまで比較的静かだった「銃後」の世界が、はっきりと非常時らしくなった。

そのなかで、洋介の両親は動こうとしていなかった。というより、動けないでいた。四月に入り、洋介だけが動くことになった。前年の夏に始まった学童集団疎開の最後の一団が出発しようとしていた。洋介はそれに加わり、長野県松本市の郊外まで運ばれていった。東京の学校は閉鎖され、下の学年の入学はもうなかったから、その春洋介らは疎開先でいちばん下の二年生ということになったのだった。

洋介の出発前の何日か、母親は旅の荷物を用意してくれながら、息子の服の胸に縫いつける名札をたくさんつくったりした。小さな白い布切れに、洋介の氏名と学校名と血液型を細い筆で書いていった。近所の女性が手助けに来てくれ、筆跡がはっきり違う二種類の名札が出来た。その作業を二人がつづける様子を、洋介はそばで見ていた。ことばがほとんどない作業がひどく静かだと思った。母親は時どき目をあげ、春の日の照る芝生の庭を眺めた。何かむなしい思いをかかえた虚ろな眼だった。心を込めて息子の名前を書きながら、「銃後」の女の寄る辺なさを思っていたのかもしれない。あるいは、七歳の息子を手放す若い母親の無念の思いがあったのかもしれない。

その春のおそい桜を、子供心に美しいと思った記憶がある。東京の下町が焼尽したあとの桜だった。ひと月はたっていたはずだ。下町大空襲の三月十日未明、洋介は父親と一緒に防空壕から出て、庭木のむこうの遠い空が真赤に焼けているのを見た。焔は見えないが、すさまじく赤い空が盛大に燃え広がっていた。眺めは遠くても、はじめて見る大規模な空襲の怖ろしさがわかった。天地ががらがらと引っくり返ったような、何か不吉な怖ろしさだった。

そのあとどこで見たのか、咲きほこる桜の花の印象を心に残し、洋介は疎開先へ向かう夜行列車に乗り込んだ。途中停車の多い、十三時間近くかかる大移動になった。ようやく松本へたどり着き、松本電鉄に乗り換えて浅間温泉に着いたとき、そこにも満開の桜が待っていたような記憶が残った。が、それは四月二十九日、当時の天長節のことで、松本のへんの桜がそんなに長持ちしていたとは信じがたいことである。

新二年生はわずか二十三人にすぎなかった。その一団が桜の木の下に集められ、長いことしゃがんでいたような記憶がある。そして、額を照らす信州の日光を熱いと感じていた。二十三人が五つの旅館に分宿するので、先生が旅館ごとに生徒の名前を読みあげていた。知らない先生だったし、二年生仲間も知らない顔が多かった。

そのときの日光は、強い西日だったと長く思ってきた。しかも、しゃがんでいたのがどこかだだっ広い場所だったように思っていた。要するに、桜の木の下の、夕日あふれるまぶしい広さの記憶だった。そのとき洋介は、ほとんど知らない人たちのなかで、人と自分とのあいだが広くあいていると感じながら黙りこくっていた。身のまわりの空気は冷んやりして、額の上の陽光の熱さとははっきり別になっていた。洋介はただ、見知らぬ広い場所で、自分の名前が呼ばれるのを待っていたのだった。

のちに確かめてみると、松本駅に着いたのは正午前だったので、桜の木の下にしゃがんでいたとき西日を浴びていたというのはおかしい。浅間温泉の桜が満開だったというのも事実とは違っているらしい。人の話によると、桜はすでにあらかた散っていたということである。

その後三十五、六年が過ぎ、四十代になった洋介は、相変わらず桜の季節に非常時の不安な騒がしさを思わずにいられない。張りつめた空気のなかの、やむにやまれぬ人々のざわめきである。空襲警報のサイレンや、ラジオの「東部軍管区情報」の声が耳の奥に聞こえだす。あわただしく東京から遠ざかる洋介自身の、長い汽車の旅の記憶が重なってくる。

洋介の現在の平穏無事な日常にも、春になるとあらたに動きだすものがある。ちょっとした変化とともにあわただしさが生まれる。いま洋介は大学の文学教師をしていて、卒業生を送り出してすぐ新学期が始まるので、急いで授業の準備を始めている。そのかたわら、今年は昭和二十年春の、作家たちの動きを調べてみる気になっていた。

三月十日未明の空襲で、火は山の手の麻布市兵衛町にまで及び、被災後「諸方に流寓」することになるのが永井荷風である。彼はその後岡山市まで逃げていく。谷崎潤一郎は熱海から東京の被災地へ駆けつけ、親族知友の無事を確かめるが、五月になってから、熱海の家を売って岡山県の津山へ疎開する。内田百閒は山の手一帯が焼かれた五月二十五日、外濠土手上の麹町五番町の家を焼かれ、焼け残った隣家の三畳の小屋を借りて暮らし始める。疎開はできないまま、夫婦二人の小屋暮らしが終戦後までつづくのである。

宇野浩二は、上野桜木町の家から松本市島立(しまだち)村の農家の二階へ疎開している。が、それもずいぶん手間どり、荷物を送り出して二カ月もたった六月末のことである。洋介らは浅間温泉でひと月あまり暮らしたあと、六月はじめに伊那谷の村へ再疎開することになった。松本へんも空襲の怖れがあったからだが、宇野浩二夫妻は、洋介らが去ったあと、ようやく松本市の郊外で暮らし始める。

疎開ができなかった内田百閒は、七月十四日の日記に、「東京と云ふものは丸で無くなり」、知人たちは四散し、それまでの名宛帖(アドレス・ブック)はすっかり無意味になってしまった、と書いている。七月十七日には、「お米は昨夜限りにて今日からは一粒も無し」ということになってしまう。

折口信夫は、もともと信州と縁が深く、浅間温泉の旅館を常宿にしていた。ところが、前年の夏に洋介らの学校が疎開してきて泊まれなくなった。それでその春、洋介らが着く一週間ほど前に、彼は浅間の隣りの山辺温泉に数日泊まり、薄川(すすき)の桜を見たりしている。養嗣子にした愛弟子春洋(はるみ)が硫黄島で戦死したあとである。信夫(しのぶ)は大阪の生家の焼けあとを見に行き、能登の春洋の実家を訪ね、帰りに信州へ寄ったのである。

この旅は何かしらいまの現実のようではない、と彼は感じていた。「もう十年も、二十年も将来の、知り人のへり尽した後の松本へ来たやうなおちつきという風の感じ」だった。「何だか、回顧のとりこしをしてゐるやうでした」と彼は手紙に書いている。

現在の洋介は、文学の教師として、作家たちの文章を調べながら、古い時代を思い返すのが仕事のようになっている。過去の作家の姿に馴染みつづける毎日である。彼らが妙に身近になって、親戚の伯父さんくらいの顔で夢に出てくることがある。

そうなると、時代的にも幾分混乱が生じて、洋介の幼少期の昔と、作家たちの大正時代が混じりかけたりする。大正時代を思い描きながら、戦時中の幼少期がひょいと浮かんでくる。そんな夢うつつはちょっと恥ずかしい。が、大正作家の多くは戦後まで生きたのだから、洋介が思わず彼らのあいだに自身を紛れ込ませたとしても、必ずしも時代錯誤というものでもないにちがいない。

やがて始まる新学期を思うと、折口信夫とその弟子たちのことが浮かんでくる。信夫は若い教え子を愛し、彼らとの共同生活を楽しんだ。青年たちの髪を少年ふうに短く刈らせ、男同士睦まじく暮らしたらしい。そのひそやかな男所帯の親密さが、戦争の時代ならではの、何か特別なもののように見えてくる。

とはいえ、洋介にはそんな趣味はさすがにない。その種の特別な師弟関係はとても考えられない。時代ががらがらと変わってしまって、戦時下の死の影がいま青年たちの上に差しているということもない。しかもいまや学生の半分は女性なのである。

大正文学の書き手として、最も魅力的なひとりに宇野浩二がいる。洋介は最近になって、浩二の若いころの作品に惹かれだした。この春休みにも作品をまとめて読んだ。浩二は大阪人で、だいぶ肌合いが違うのに、洋介は彼のめんめんたる語りが好きになっている。

浩二は若いころから文学一筋の生き方を貫き、「女の苦労」と「貧乏」と「病気」が作家になるための三つの条件だと言った人である。彼は食うや食わずのどん底時代に、「女の苦労」をしたたかに味わい作家になった。その女とは、銘酒屋で出会った若い娘で、驚いたことに彼女は警視総監の姪であり、医者の娘として我儘いっぱいに育ちながら、結局家を飛び出し、私娼同然になっていたのである。彼女は浩二が母親と暮らす狭苦しい下宿の部屋へ押しかけてくる。そして、そもそも無茶な三人暮らしの苦難の日々が始まるのである。

もともと上品な育ちの彼女は浩二を「お兄ちゃん」と呼ぶ関係で、それが面白いのだが、彼女は事あるごとに感情を爆発させる「ヒステリー」だった。浩二は「一に文学、二に母親、三に恋人」と言った人でもある。彼はやがて、はじめは「恋人」だった彼女から何とか逃れようとし、それに成功すると、「うちのヒステリー」を材料にしてたいへんいい仕事をし、作家になる。「苦の世界」という出世作が生まれる。どこか女性的なたちの浩二の場合、あくまで受身のまま、いわゆる「女難」に耐えるというかたちをとり、それがそのまま彼の文学になるのである。

大正八年九月、新進作家宇野浩二は、広津和郎と信州下諏訪温泉へ旅をする。浩二はそこで、「山恋ひ」に出てくる子持ち芸者ゆめ子と馴染みになる。東京での「女の苦労」に十分懲りたあとである。今度は相手に手出しをしない「プラトン的な恋」なるものをもくろみ、毎日のようにゆめ子を呼んで、ただ静かに向き合いつづけるのである。

彼はその後も下諏訪へかよいながら、発展しない関係をつづけるうち、当のゆめ子ではなく、彼女の姉さん芸者が浩二に近づき、東京までやってくるようになる。そして結局二人は夫婦になってしまう。積極的な相手とは結局出来てしまうという関係だが、浩二は生涯、自身の消極性に振りまわされるようにして生きたといえるかもしれない。

宇野浩二がいう「女難」とは、彼の消極性をそのまま言い換えたようなことばである。洋介の興味は、浩二の性的消極性と彼の文学とのかかわりにある。あるいは、彼の「女難的文学生活」といったものが面白い。大正文学ならではの面白さが感じられてくる。

「山恋ひ」をはじめとする「ゆめ子もの」に、ゆめ子その人は、「苦の世界」の相手のようにくわしく描かれてはいない。テーマは文字どおり「山恋ひ」である。作者は山が見たくて旅をし、たまたま芸者ゆめ子を知る。日本のアルピニズム草創期の文学者の、アルプスへの愛である。彼は旅館の部屋で山の眺めを楽しみ、食事をし、そのそばにいつも寡黙なゆめ子が坐っている。

浩二が恋した立派な山並みは、諏訪盆地のもっと手前で中央線の車窓に現われる。浩二の二度目の下諏訪行きのとき、昼間の汽車にしてみて、そのことを発見するくだりが印象的だ。はじめて南アルプスを見て、「私」は仰天し、有頂天になる。特に甲斐駒ケ岳が、「棒を立てたやうに、或ひは屏風を立てたやうに聳(そそ)り立って」舞台の団十郎の如く衆目を集める姿にうたれる。朝八時に東京を出た汽車が甲斐駒の山麓に達するとすでに暮れ方で、ふもとの川岸の家々から薄紫色の煙が立ち昇っている。釜無川が白墨の跡のように一筋白い。

「山恋ひ」という小説は、「私」がそのあとまた山を見にいく場面で終わる。今度ははじめて寝台車に乗っていく。「私」は明け方飛び起き、大急ぎでデッキへ出てみる。まだまっ暗なので、冬の夜の明けるのをじりじりしながら待つ。夜が明けてくる。ところが、デッキのドアがきつくて開かない。「私」は友達二人と死物狂いの力で何とか押し開ける。

すると、すぐ目の前に、文字どおり飛び込んでくるように、夜明けの黄色い空を背にした真白い南アルプスが現われる。山々は人を嚇かすようにそこに立っている。「到頭来ましたね！」と「私」は感に耐えて叫ぶ。間断なくギイギイと軋む音をたてながら、大正時代の夜行列車は、信濃へ、信濃へと走りつづけるのである。

大学の授業が始まる前に、洋介は信州へ二泊三日の旅をすることにした。急に思い立ってすぐに出かけた。宇野浩二の下諏訪温泉を見に行くのと、浅間温泉の疎開先を訪ねるのと、その二つを重ねて経験してみるつもりになった。「山恋ひ」の末尾の「信濃へ、信濃へ」ということばに追い立てられるように出発した。

浩二の最初の下諏訪行きは、夜の十一時に東京・飯田町の停車場を発ったというが、その四半世紀後、疎開学童たちも灯火管制でまっ暗な新宿駅から十一時すぎの列車に乗り込んでいる。浩二のころ、「我国でも第三流の鉄道線」の汽車は、ガタ馬車のように揺れつづけて九時間かかった。「客車とはいふものの荷物車の姉さん位にしか当らない窮屈な車の中は、昼の暑さの残りの上に、トンネルを幾つも幾つもくぐるので、自然の暑さと煤烟と人いきれとで、私たちは忽ち旅に出たことを後悔し合ったほど苦しまされた。」

浩二らが乗った汽車は「甲府を通る時もまだ夜が明けなかった」が、疎開学童の汽車が甲府に着いたのは夜が明けた六時ごろだった。大正時代よりかなり遅かったらしい。

いまの列車は、一時間あまりではや甲州へ入る。その手前の高尾山のへんで、東京では散ってしまった桜が現われた。甲州ではそれが満開の桃の花に変わった。広い盆地の桃畑の眺めがさすがに大きかった。

車中洋介は、内田百閒の昭和十九年・二十年の日記『東京焼尽』を読んでいた。百閒は昭和二十年四月七日、嘱宅の勤めにかよう省線電車の窓から、お茶の水の桜が咲きかけたのを見つけている。ずいぶん遅い開花だったのである。十一日には花盛りということばがある。七日はまだ庭に氷が張っていたのに、十一日は汗ばむ陽気になっていた。なるほど、洋介はそのころ、家の近くで満開の桜を見あげていたことがあったらしい。

　四月十三日から十四日にかけての空襲で、四谷や牛込一帯が焼かれる。十三日の午後には、米国ルーズベルト大統領の死をラジオが報じている。洋介はそのとき家の庭にいたが、母親がニュースを聞き、飛んで出てきて教えてくれたのを憶えている。その夜の空襲は、百閒の家の近くまで火が迫っていたらしい。四谷の双葉女学校の燃えるさまが凄かったらしい。十四日にかけて明治神宮が焼け、皇居内や大宮御所、赤坂離宮にも焼夷弾が落ちた。米軍は「帝都」の中心部へ遠慮なく侵入しつつあったのである。

　翌十五日に品川、大森一帯が焼けてからはしばらく近くに空襲がなく、洋介らが疎開に出発した二十八日も朝から何事もなかった。中央本線は、すでに中島飛行機武蔵製作所や立川の飛行場などが爆撃され、危険な線だったから、八王子を過ぎるあたりまで気は気でなかったはずだが、その晩はさいわいに警報を聞くことなく無事に通り過ぎることができた。

　途中、一般客の大人たちが窓から乗り込んでくるので、洋介はそのたびに目を覚ました。もう身動きがとれず、生徒のおしっこは停車のときに窓からしていた。先生が子供の腰をつかまえてやっていた。窓の外はまっ暗で、子供はさぞこわいだろうと思ったが、洋介自身は朝までそんなことをせずにすんだ。朝着いた甲府はまだ焼かれていなかった。一般客がたくさん降りて車内は楽になった。八時半ごろ上諏訪に着くと、家々に天長節の日の丸がひるがえっているのが見渡せた。B29の大群を怖れることもない、いかにも平静なふだんの山国の町だった。

東京の内田百閒は、嘱宅の会社勤めをつづけながら、常に食べものに困っていたようだ。お金はあっても、米も野菜も手に入らない。百閒夫妻は米を食い延ばすため、毎日薄いおかゆを食べている。米を五合、一升と人に借りては、配給米が入ったときに返す。時には一合しか借りられないことがある綱渡りの生活である。やがて七月には米がほとんど手に入らなくなる。米が一粒もないという日がつづく。

時期は少しずれるが、永井荷風の場合は違っていたようだ。隠棲的な独り暮らしを守りながらも、ヤミ米が潤沢だった。洋介の家も、まだ米に困るというほどではなかった。砂糖さえ手に入った。疎開に発つとき、洋介のリュックには食べものがたくさん詰め込まれた。母親は何日もかけて、まるで正月料理をつくるように、疎開先で食べるぶんまでふんだんにつくってくれた。実際は、疎開先に着いてしまうと、勝手にひとりで食べることは許されなかった。それらは取りあげられ、寮母さんたちへのおみやげになった。

だから、あとから思えば、汽車のなかでたくさん食べたその日は、飢えが始まる前の、ひとりで勝手に祝うことのできた最後の祝祭だったというべきかもしれない。ようやく松本駅へ着いたとき、すでに腹がふくれて我慢ができなくなっていた。洋介はプラットフォームの陽光のなかで顔を歪めて訴え、若い先生が先に立って便所へ走ってくれた。

内田百閒の日記にも下痢の記録は少なくない。たとえば、貴重な牛乳を飲んで下痢に悩まされるというくだりがある。が、そのときの洋介は、単なる食べすぎにすぎなかった。先生はきわめて機敏に駆けつづけ、何とか間に合い、洋介は助かった。だが、その知らない先生は、軍隊式に機敏なだけに気が短くて、洋介が用を足すのをゆっくり待ってはくれなかった。ドアのむこうで足踏みしながら、「もういいかい」とせき立てだした。洋介は驚き、あわてて、どうしても中途半端なまま出なければ、と思いつめた。用便をせかされたことはなかったから口惜しかった。小学生が軍隊に入れられたようなものだったかもしれない。自分は知らない人のあいだへ放り出されたのだという思いが、そのときはっきり生まれていた。

そしてその晩、浅間温泉の旅館で、洋介は三年生の女の子の蒲団に入れてもらって寝るように決められた。東京から送ったはずの蒲団がまだ届いていなかった。同じ二年生でも、兄がいる子は兄と一緒に寝たのだが、洋介は兄がいないのがまた口惜しかった。男ばかりで乱雑に暮らしている大部屋へ入れてもらいたかったが、洋介が宛てがわれたのは、年上の女性ばかりの静かな八畳間だった。

もともと女の子と一緒にされやすいたちなので「またか」と思った。大人たちが無造作にそう決めたがる「無考え」に対して、ひそかに舌打ちする思いがあった。それでも、洋介はおとなしく人の蒲団に入れてもらった。先生が決め、あとは子供同士の関係にまかされる、その先の危なっかしさを思ってはらはらする気持ちがあったのだ。

結局、東京から送った蒲団はなかなか届かず、そのうち伊那谷へ再疎開することになったので、蒲団が届いても縄をほどかずに、そのまま再疎開先へ運んだらしかった。だから、浅間温泉のひと月余りのあいだ、洋介は毎日人の蒲団で寝ていたのだ。そのため、浅間の暮らしが、たったのひと月よりはるかに長かったという記憶が残ることになった。さしずめ「居そうろう」の暮らしだったからだ。

その相手香月さんは、いつも五年生の姉さんと一緒だった。そこへ洋介を受け入れることには抵抗があったはずで、彼女らにとって大迷惑だったにちがいない。だれもが新入りの二年生の世話を焼かなければならないわけではなかった。だが、姉さんの香月さんは、迷惑らしいそぶりを少しも見せなかった。戦時中の模範生らしさがはっきりしていて危なげがなかった。たぶんそのため洋介を預けられて、妹のほうが一緒に寝ることになってしまったのだった。

妹はしっかり者の姉さんのそばで子供らしかった。子供の感情を素直にあらわしていた。押しつけられた「居そうろう」にケンツクをくらわすこともあった。彼女が少しでも意地の悪い気分でいるとき、洋介はどうやって蒲団へ入り込めばいいかわからなかった。

軍国主義教育の模範生らしい姉さんの、一見安定した大人ぶりが、洋介にとってはありがたかった。そのそばにあるむきだしの子供らしさは、しばしば不安のタネになった。それを怖れれば、姉さんの冷静な道徳的抑制に頼りたい気になる。洋介はその気持ちで彼女を見ながら、整った顔立ちを美しいと思うことがあった。危なげのない美しさだと思った。

香月さん姉妹の持ちものは、珍しく色彩豊かな、小ぎれいなものばかりだった。女の子らしいこまごました持ちものに、戦前の東京の中流家庭の華やぎが感じられた。姉妹はそれらを大事にして、ていねいに使っていた。男の子が立ち入れない物の世界を覗く思いで洋介はそれを見ていた。

現在の特急は三時間ほどで下諏訪に着く。諏訪湖に面した上諏訪の町のひとつ先である。宇野浩二ははじめて来たとき、まず上諏訪で降りて湖水を眺めている。スイスのような雪白き高山に囲まれた湖水を思い描いていたのに、実際の諏訪盆地の眺めは、想像した半分の魅力もなかったという。三十歳の浩二は、失望のあまりひょうきんな調子で、諏訪湖を囲む山々は高山ではなく、何の奇もない「醜女(しこめ)のやうな」低山にすぎない、と書いている。

洋介は上諏訪を通り過ぎ、下諏訪駅で降りた。線路を隔てて湖水とは反対側の、山のほうへ少し登った旧中仙道の宿場が下諏訪温泉である。小説に出てくる「花屋旅館」も昔の場所にある。ただ、文章に間取り図まで書き込んで説明してある三階の部屋はすでにない。十年近く前にボヤを出したため、建て直したのだという。もともと本陣だった家で、江戸時代の部屋が一部残されている。少々安普請の新しい廊下から直接、旧本陣の部屋へ踏み込むことができる。

浩二が来るたびに泊まった部屋は、その家のひと間しかない三階の、窓の多い不思議な八畳間であった。特に町と湖水が見おろせる西側は、二間(けん)の幅いっぱいに、「厖大」といいたいほど横に長い窓が切ってあった。部屋の外の階段の踊り場も、西の壁が窓になっていた。しかもその家自体、町のいちばんの高みにあるので、三階の窓は近くの火の見櫓(やぐら)の半鐘の位置より高いほどであった。

浩二はその横長の窓から、製糸工場の煙突の多い町と、湖水と、「醜女のやうな」山々を眺めて暮らし始める。一緒に来た広津和郎は、東京に用事ができて帰っていく。そしてある秋晴れの朝、湖水と低山の退屈な眺めの背後に、まったく思いがけず、彼の恋する美女である雪白き高山が鮮やかに現われ出るのである。

浩二は信州まで来て、やっと人心地がついた気持ちだったという。「うちのヒステリー」から自由になった身に小説家の道がひらけ、旅行する金も出来、「つい呑気な心持になって」二週間も滞在した。そして芸者ゆめ子を毎晩のように呼んだ。来る晩も来る晩も、膝ひとつ崩さずに、「お雛様のやうにむかひあって」坐っているだけの関係だった。昼の食事にも呼んで、二人静かに坐っていることもあった。それが東京での「女の苦労」から逃れてきた男の、「プラトン的な恋」というものなのだった。

「ええ、ちょうどこの部屋の真上だったんです。当時は三階でしたから」

と、宿のおかみさんが、待っていたようにすらすらと説明してくれた。

建て直された結果、その真上の部屋はなくなった。一階分低くなってしまったので、かつて窓ばかり多くて展望室のようだったのが、いまその趣きはまったくない。何より、町と湖水が見えるはずの西側が、なぜか塞がれて壁になっている。窓は南側にあり、そちらは諏訪大社に面していて、欅と杉の森がうっそうと茂っている。部屋へ入るとその森の印象が強く、ここの位置の高さはわからなくなっている。

夕立があり、やがてやんだので、宿の近くを歩いてみた。車の多い旧街道には、軒庇の深い、格子造りの、そして二階は障子窓という古い家が残っている。旧街道へ出る角のところに、浩二が書いている共同湯もある。

ゆめ子がいた狭い坂道の芸妓町も、すぐ近くに見つかった。寺の前の桜の並木はつぼみがほころびかけていた。そのひとつひとつに夕立の雨滴がのって、いまにもこぼれ落ちそうだ。今年の冬も寒かったが、昭和二十年に比べると、花はずっと早いようである。

翌朝はきれいに晴れ渡り、春の日がまぶしかった。洋介は起きるとすぐ窓をあけ、身を大きく乗り出してみた。そして、当然見えるはずのものを探した。青々とした西の空に、浩二の恋した山々が白く浮かび出ていた。

窓から乗り出して首をひねれば、諏訪湖の方面がともかくも見渡せる。いま家が建て込んで湖水は隠れているが、空高く姿を現わしている山の眺めは浩二が見たままにちがいない。木曽の御嶽山から乗鞍岳へかけての山並みである。

昨夜は隣りの部屋も、そのむこうも、会社の出張で来ているらしい男が泊まっていた。朝になると、出張の男はもっと多いのがわかった。彼らは洋介のように、窓から首を突き出して山を探したりはしなかっただろう。男たちは朝八時を過ぎるころから、一人また一人と、下の町の時計やオルゴールを作る会社へ出勤していくらしかった。いまも背広姿が二人連れ立って、旧街道へ出たところで立ち止まり、町へおりる坂道のほうへ通りを渡ろうとしている。

大正時代、下の町は、二百本もの赤い煙突が並び立つ製糸工場の町であった。それらの工場の経営者たちが、この高台の温泉芸者の旦那にもなっていた。ゆめ子に子供をつくらせたのも、のちに浩二の妻になる芸者のかつての旦那も、その手の男たちだった。が、浩二は、ここの芸者の暮らしを支えていた工場経営者を小説に登場させることはしなかった。

その代わりに、「山恋ひ」には、勤め人の若い男が出てくる。ゆめ子に次ぐ土地の人物の二人目である。変電所に勤めているという、もとハンコ屋の、山好き音楽好きの青年である。西向観山（にしむかいかんざん）というおかしな名前がつけてある。「私」の二度目の滞在のとき、彼はしばしばここの三階までやって来て、山の話や音楽の話をするようになる。東京から訪れた作家の前で恐縮ばかりしている、内気な芸術好きの青年である。

洋介は再び窓から身を乗り出して日を浴びながら、西向観山なる名前を思うと吹きだしたくなった。そして、自分ももっとはっきり西へ向き直ろうとした。雪白き連山はたしかに眺められた。が、それでも何か物足りなく思うのは、しっかり西を向いて山と向き合えていないからだった。結局のところ、無理に首をひねっているだけだからだ。つまり、この宿を建て直すとき、窓ばかり多い部屋をつくらず、西側を壁にして何の奇もないありふれた和室に変えてしまったからなのだ。

ふと思いついたのは、部屋のトイレのことだった。トイレには西側に小さな窓がある。昨晩洋介は、その狭苦しいトイレの小窓をあけて冷たい夜気に触れてみた。それはこの部屋にただ一箇所ある、れっきとした西の窓にちがいなかった。その窓から、隣りの共同湯の湯気がたち昇っている先に、下の町の夜景が、さすがに大正時代より強いにちがいないまぶしい光を放っているのが見えた。

洋介はそれを思い出し、あらためて朝のトイレに閉じこもって小窓をあけてみた。白い山並みが真正面に見えた。ああ、これでこそ「西向観山」だ、「西向観山」という男がここにいる、と思った。むこうの八畳間ではなくこの狭苦しいトイレに、大正時代の青年が生き延びている。むしろそれは、アルプスの眺めを「幾ら見てゐても、幾ら見てゐても、飽きない」と思う自分自身を笑うような名前を考えた宇野浩二その人であるにちがいない。

洋介はその朝、諏訪大社を見にいったついでに、宿のすぐ前の山へ登ってみた。和田峠の方角に、山の丸いいただきがまだ雪をかぶったままだった。小説「山恋ひ」の「私」は、そんな低い山より、反対側の湖水の彼方の高山から目が離せずに、子供っぽくうしろ向きになって山を登るのだが、同様に洋介も、何度か振り向きながら山を登っていった。

宇野浩二は和田峠への街道を登ったらしいのだが、いまは車がうるさいので、洋介はそちらへは行かなかった。それでも、山の小道を登るにつれて、浩二の書いているとおり、白い峰々が、見る見る、にょきにょきと大きくなっていった。

洋介の疎開生活は、終戦の年の四月から十一月までの半年あまりにすぎない。だが、ふり返ってみると、その期間と戦前戦後の月日は別々になっているようにも思える。いわば違う時代がつぎはぎになっているのである。

信州との関係でいうと、戦後は洋介にとっても、山へ行くことがすべてのようになった。上高地へ入るため松本駅で降りても、わざわざ浅間温泉へ行くことはなかった。一度だけ、山の帰りに行ってみる気になったが、そのときは何かの催しのため浅間の旅館が満室で、隣りの山辺温泉に泊まって帰った。

再疎開後の伊那谷の寺の暮らしは、もっと長く、もっと厳しいものになった。が、そちらへは戦後一度も行っていなかった。戦後の日々のなかで、戦時中の田舎の暮らしが何かにつながるということがなかった。それを人に語る機会があるわけでもなかった。かつての飢餓の時代はそれだけ別になり、どこへもつながらなくなっていた。何かの用で伊那谷まで行くということも起こらなかった。

ところが、戦後三十年近くたって、ようやく過去を現在につなぐ大ぜいの旅が企てられた。元疎開学童たちが貸切りバスで信州を駆けまわり、かつての疎開先で「感謝の会」をひらくという企てである。浅間温泉のほか、伊那谷では三カ所をまわった。上級生らが疎開に出発した昭和十九年夏の三十年後、六年ほど前のことである。

洋介にとってそれは、薄暗くなっていた過去をいちいち明るみに出すような経験になった。

特に伊那谷の自然は、一種不思議な眺めだと思わずにいられなかった。たしかに過去が、いまの世に絵のように浮かびあがって見えた。が、それは過去そのものではなかった。村の自然は記憶とほぼ同じといってもいいのに、それがやや遠い、別のものになって、いまの目に妙に美しく見えた。

　そのうえ、記憶にはない山の眺めが加わっていた。子供にとって、遠い高山の眺めは記憶に残らないのか、何も憶えていなかった。黒板拭きで消されたように、それは空白そのものだった。そこへとつぜん、高山の屏風がいっせいに、大急ぎで張りめぐらされるのを見るようだった。よく憶えていた目近（まぢか）の緑の山地も、ずいぶん高いところまで伸びやかに持ちあがっていた。自然が大きい山国だったのだと思った。その大きさの記憶が残っていなかった。子供の目がごく近くしか見ていなかったとすると、当時の村の自然は美しくも大きくもなかったのにちがいない。毎日見る近すぎる自然が、ただむんとして、いつも鬱陶しかったのだ。

　天龍川のすぐ近くの村だった。宇野浩二の大正時代は、諏訪湖のむこう端に天龍川の落口が見えていたという。が、いま下諏訪温泉から望んでもそれはまったく見えない。おそらく埋め立てで町が広がり、そもそも湖水自体がろくに見渡せなくなっている。諏訪湖は、毎年陸化が進んで、いずれ消滅する運命にあるという老いた湖である。一万年前には八百メートルもあった水深が、いまではたった五メートルほどだそうだ。大正時代から現在まで、ほぼ半世紀の変化もはっきり見てとれる。

だが、そこから流れ出る天龍川は、いまも昔も大河である。洋介がはじめてその激流に接して驚いた大河天龍は、その名前からして怖ろしかった。その流れが諏訪湖の南に向きを変えると、伊那の大きな谷が行手にひらける。再疎開後の洋介の経験はすべて、その谷にかかえ込まれて、長いことぼんやりした闇のままになっていた。

伊那谷の入口は、鉄道でいうなら少し南へ下った辰野になる。そこから飯田線が分かれ、天龍川沿いに九十いくつもの駅を連ねて、はるばる太平洋岸の豊橋に達する。その乗換え駅辰野の戦時中の記憶が残っている。夜、辰野駅から東京行きの列車に乗り込んだときのことだ。

洋介は一時、山国の村から抜け出さなければならなかった。それはちょっとした「脱出」の経験といったものになった。再疎開後二カ月たたないうちに、洋介の栄養失調はひどくなり、毎日熱が出て、下痢が止まらなくなっていた。そのため、東京からやって来た母親にひとり連れ戻されることになったのである。疎開学園を勝手に離れることは許されなかったが、洋介の様子に驚いた母親が粘りに粘った結果だった。母親は学寮長の先生の部屋へ日参し、しつこく坐り込んでいた。洋介が外をうろうろすると、開け放った襖越しにその姿が見えた。

夜の辰野駅はまっ暗だった。超満員の東京行き列車からも、光はほとんど漏れていなかった。母親はプラットフォームを走りながら、窓を次々に叩いてまわった。

「開けてください。病気の子供がいるんです。お願いします。開けてください」

と母親は叫んでいた。

なるほど、そんなふうに言うものなのか、ちょっとずるいみたいだ、と洋介は思った。板張りの窓が多く、母親はその板を力まかせに叩き、暗いガラス窓も次々に叩いた。夏のいちばん暑いときに、開けている窓はひとつもなかった。

夜空が直接頭上に感じられるプラットフォームの闇が濃かった。近くの低い山が黒々と静まり返り、湿った夜の自然の草いきれが、満員の乗客に拒まれて走る者の身に染みるようだった。山といえば、むしろそんな濃い気配の記憶で、山の眺めというものではなかった。

やっとひとつ、開けてくれた窓があった。まず洋介が母親の手でなかへ放り込まれ、それから母親自身が、昔の汽車の高い窓敷居にモンペの足を大きく掛けて乗り込んだ。

よかった、これでもう東京だ、と思った。体じゅうで安堵していた。まだ若い母親が活躍する姿とともになつかしい東京が見えてきて、そのとき東京が、母親と一緒に車内へ転げ込んでくるというふうに洋介は感じていた。

洋介は宇野浩二の下諏訪温泉を発ち、浅間温泉へ足を伸ばした。いまの特急だと、その先松本まではたった二十分余りにすぎない。辰野まで南下せずに松本へ向かう短絡線が出来たせいでもある。昭和二十年の臨時列車は三時間くらいかかっている。いまでは辰野駅は遠くなり、乗換え駅でもなくなってしまった。

浅間温泉では疎開学童の「学寮」は五軒で、洋介がいたのはそのいちばん奥の旅館だった。

六年前、大ぜいで再訪し「感謝の会」をしたとき、坂道に面したその旅館も見にいったが、昔とあまり変わっていないように見えた。

三叉路のまん中のやや急な坂道へ入り込んだとき、昭和二十年の町へひとまたぎで踏み込む心地がした。浅間温泉が全体に古風を守っているなかでも、そこは特に変化が少ないようだった。それに対し、旧松本電鉄の終点から三叉路までの表通りはすっかり変わっていて、もはや見覚えがない道だった。

終点上浅間駅の跡と思われるところには大きなスーパー・マーケットが出来、道の行手をふさいでいた。桜並木もなくなっていた。再訪の旅の大ぜいのなかに、妹のほうの香月さんがいて、すぐに見分けがついた。姉さんは来ていなかった。

三叉路への道を一緒に歩いた。香月さんは洋介のことをまったく憶えていないらしかった。見ず知らずの同窓生に向けて、彼女はただ何とはない興味を示す笑顔を向けてきた。洋介のことばはいちいち無駄になった。彼女の記憶に触れる手応えが何もなかった。何やかや話すうちに何かが戻ってくる、という気配もなかった。

消えた桜並木の話になったとき、「あれは八重桜だったわね」と香月さんは言った。それは憶えている、というふうだった。洋介は、季節が少し早いソメイヨシノが満開だったと思い込んでいた。もうひとり一緒に歩いていた元三年生の女性は、記憶に自信があるらしく、はっきりした口調で、「満開じゃなくて、たしかもうおしまい頃だったわ。ほとんど散ってしまっていたのよ、あのときは」と教えてくれた。なるほど、それが事実かもしれない、と納得させられた。

「二年生が着いた日、あたしたちは駅まで迎えに出ていたのよ。この道の両側にもいっぱい並んで待っていたの」

その人は淀みなく話しつづけた。たしかに記憶に自信があって、部屋が違っていたのに、洋介のことも憶えているらしかった。彼女はそのときのことをもっと思い出そうとした。

「二年生はみんなほんとに小さくて、人数も少なかったわね。大ぜいで迎えにいったのに、拍子抜けするくらいだった。二十三人？　それが疎開に来た最後の子たちだったのね」

上級生に盛大に迎えられたと聞いて、洋介は少しは思い出せそうな気がしてきた。夕日に満ちた広いところにひとり放り出されたと思っていたのに、それは違っていた。「学寮」の生徒全員にとり囲まれていたのだ。そういえば、夕日ではないまぶしい陽光のなかに、上級生の人垣が浮かび出るようである。上浅間駅の柵にも群がって声をあげている子らの姿が、少しずつ形をあらわしてくるような気がする。

あのとき洋介らは、旅館に着いてすぐ、巨大な「おはぎ」を見た。上級生の女子が数人、野球のボールくらいはあるまん丸いおはぎを皿に一つずつのせて運んでいた。玄関の広間を通って階段を登りながら、新着の二年生をしげしげと見ていた。

香月さんのむこう側を歩いている元三年生は、打てば響くように答えた。

「そう、そう。もうお砂糖がなくなって、塩アンのおはぎ。二年生歓迎の御馳走だったのよ。

でも、あんな贅沢はあれがほんとに最後だったわね」

あれは塩アンだったと聞いて、洋介は意表を突かれた。あの日、汽車のなかで食べすぎて、洋介はおはぎに手をつけられなかったのだ。のちに空腹に苦しむようになると、それが無念でならなかった。たっぷりと甘い巨大なおはぎを、その後長いあいだ、しつこく思いつづけることになったのである。

香月さんはそのおはぎのことも、その晩から洋介を自分の蒲団に入れてやる破目になったことも、何ひとつ憶えていなかった。洋介にとって彼女と過ごした一カ月は長かったが、疎開生活がずっと長かった彼女にしてみれば、それはほんのわずかなあいだのことだったのにちがいない。彼女の記憶はもっとほかのことでいっぱいになっているのかもしれない。

香月さんは背が高く、やせ型の、おとなしい中年女性になっていた。細おもてで、中高（なかだか）で、淋しいくらいの顔立ちだが、口もとを崩すと華やいだ。「こんなときくらい、夫と子供に留守番をさせなくちゃ」と言い、どことなく無欲そうに、はにかみ勝ちに笑う主婦だった。洋介という思いがけない相手に戸惑いながら、パンタロンの脚を伸ばしてさっさと歩いた。

洋介が彼女の姉さんのことを言うと、香月さんはいよいよ呆れた顔になった。

「まあ、いやだ、困っちゃうわ、あたし。どうしましょう。そんなによく憶えているなんて困るじゃない。……そうよ、そうなの。あの人はいまでもうるさいのよ。ほんとの長女型なんだから。いまもしょっちゅう電話をかけてきて、お説教ばかりするの」

当時、旅館の暮らしでは「座学」の時間が多かった。部屋の全員が細長い坐り机に向かって坐り込む。部屋は静まり返る。洋介は女ばかりのなかの唯一の男の子として、香月さん姉妹のわきにぴったりついて自習していた。向かい側に坐る五年生の姉さんは大人のようで、子供心に美人だと思った。時に彼女に庇護されているようにも感じた。彼女は洋介のちょっとした動作に目をとめては、たとえば物差しを貸してあげなさいというふうに、す早く妹に指図した。道徳的な配慮そのものになりきったような姿があった。たしかに、戦時中の長女らしさをきっちり仕込まれた育ちなのだった。

妹の香月さんは、いま夫は高校の教師で、姉さんも教育畑の人と結婚していると言った。そういえば、お父さんが教育者で、長女の教育に力を入れ、年下の子の面倒をみる戦時の姉さん役を教え込んだのかもしれなかった。そんなことも、三十年近くたってはじめてわかってきた。よくわかる話だと思った。

香月さんはなお不思議がるように、洋介の顔を見ながらつづけた。

「でも、そんなにいろんなことを憶えてるなんて、ほんとに気味が悪いわ」

それから彼女は急に親しげに、からかうような光を目に浮かべて言った。

「どうしても不思議よ。あなたは絶対に今度はじめて会った人なんだけどなあ」

「それじゃ、まあ、そういうことにしておきましょうよ」

「そのほうがよくない？　昔馴染みなんてつまらないじゃない？　こんな旅行に来たけど、あたし、ほんとは昔のことはもういいんですもの」

「この旅行の準備の会のときにね、伊那谷の寺で一緒だった女性から似たようなことを言われましたよ。その人は、僕が名前をちゃんと憶えていて、変にくわしいことを言うもんで、だんだん表情かおかしくなった。あたし、いじめなかったでしょ、可愛がってあげたでしょ、なんて言って」

「その人、助けてって言わなかった？　そういうのって気味が悪いのよ」

「たぶん可愛がってもらったんですよ、僕は。たぶんね」

伊那谷へ行ってから、香月さん姉妹と洋介は「学寮」が別になった。彼女らは、同じ村でもだいぶ山を登った先の公民館で暮らし、日ごろ天龍川に近い洋介らの村までおりてくることもなかった。香月さんは姉さんに守られた暮らしのなかで、浅間温泉の日々を少しずつ忘れていったのにちがいない。お説教をする姉さんに守られているのは、いまも同じなのかもしれない。

今回、下諏訪のあと浅間温泉まで来て、三叉路のまん中の道へ入ったとき、洋介はそこの空気が六年前とは一変しているのに気がついた。これほど変わるものかと、唖然とする思いだった。旅館がいっせいにコンクリートに建て替わり、白い八階建てマンションさえ出来ていた。洋介らがいた旅館も、コンクリートになってみると変に大きかった。

狭い坂道から四階建てのてっぺんを、のけぞるように見あげなければならない。半地下の部分もあるので、坂の下方からだと高さが五階ぶんはある。ビルの形も上へ行くほど複雑になっている。かつての三階建て木造旅館の上空が、何と盛大に利用されることになったものかと思う。

ともあれ洋介は、しばらく立ち止まったあとで、新しくなった同じ名前の旅館へ入っていった。驚いたことに、そこは部屋まで靴のままあがれるようになっていた。完全な洋室も多いようだった。洋介の部屋は、和室部分と洋室部分が半々で、変に広々としていた。団体客用に使われてきたらしく、毛足の長い絨緞や縞模様のソファや数寄屋ふうのしつらえなどが、乱暴に扱われて、まだ新しいはずなのに、すでに傷んだりくたびれたりしていた。

「民芸の館」と銘うって、てっぺんの四階につくった大浴場に、大きな水車が据えつけてあった。北アルプスの山並みがマンションのむこうに見えた。松本の市街がずいぶん低く見えるのに驚いた。洋介は無人の大浴場にひとり立ち、何と意外な高さだろうと思った。このぶんでは、昔の建物の三階も相当に高かったことになるが、山の眺めはもとより、高いところという記憶も抜け落ちていて、どうしてもそれが近年の新建築の真新しい高さだとしか思えなかった。

昔、浴場は地下にあった。調理場も、旅館主の一家の部屋も地下だった。浴場は裏側の下の土地に面して明るく、子供たちは毎日、きらきら光る透明な温泉に入ることができた。食事どきも地下へおりて、皆のご飯を盛る役をしたり、皿を運んだりした。午後おそく地下へおりていくと、自然と心が落ち着くような気がした。なぜとはない安心感があった。

二階の女ばかりの部屋で、洋介はいつも所在のなさを感じていた。静かな「座学」の時間はまだいい。ともかくすることがあった。が、上級生たちが勝手に遊び始め、自分は何をしていいかわからないという時間がつらかった。自分の居場所のなさがいよいよはっきりした。廊下をへだてて男ばかりの大部屋があったが、そちらへ入れてもらうこともできなかった。何もすることがなければ、ただ旅館じゅうをうろうろし、ほかの部屋を覗いてまわったり、物干台に登ってみたりした。女の上級生たちは車座になって静かにトランプをしたり、絵合わせをしたりしていた。

仕方なく旅館の外へ出て、「散歩」をすることもあった。上浅間の駅の柵に腰かけて、降りてくる人をただ無駄に待ちながら、いちいち人の顔を見ていた。あるいは、射的場の戸口にしゃがみ込んで、大人たちが撃つのを見ていたりした。目のすぐ前に、撃ち落とされる石膏の人形が増えていった。一つでもいいからそれが欲しかったが、大人の男たちは子供には目もくれず、大声をあげて騒いでいた。土間の石膏人形の世界はしんとしていて、大人たちはまるで上の空のように、ただ上のほうで騒いでいるだけなのだった。

そんな日々のなか、東京から電報が届いた。その紙を手に持った先生のまわりに、なぜか男の上級生らが群れていた。「君の家から来た電報だ」と、ひとりが教えてくれた。近く母親が面会に来るのだという。それがこんなふうに大っぴらにされるのは恥ずかしいと思った。「家から電報が来たのははじめてですね」と、別のひとりが言い、先生は電文を声に出して読み始めた。電報なんて大げさだ、と洋介はただただ恥ずかしかった。

母が来る前の晩、姉さんの香月さんは、蒲団を敷きながら、洋介の目をまっすぐ見て、「あしたはお母さまがいらっしゃるのね。いまはもう汽車のなかね」と言ってくれた。彼女は大人のようにやさしげだった。が、洋介は人の前で、すぐにうれしそうな顔もできなかった。

母親は、まだ学齢前の妹を連れてやってきた。二人が着いたとき、洋介は人に呼ばれて階段を駆けおり、母と妹が玄関の土間に立っているのを認めた。電報を見て待ちこがれていた姿がそこにあった。が、それでも、すぐにはそれが信じられなかった。何か薄い膜に遮られたように、自然な感情が動きだそうとしないのを感じた。待っていたのではないところへ二人が忽然と現われた、という気さえした。こんなところへなぜ来たんだろう、とも思った。

こんなところという思いは変にはっきりしていた。それは母親とも他の家族とも直接関係のない「ここ」なのだった。居場所がないという日ごろの思いが、その不安ごとそっくり、「ここ」というべき自分のものになっていた。階段の上から見て、母親と妹はひどく遠いところに立っているように見えた。

面会に来た父兄が泊まるのは、ふだんは使っていない三階の来客用の部屋だった。そこへ落着いてから、母親は持ってきた食べものをお膳いっぱいに並べた。洋介にできることといえば、母と妹をまず浴場へ案内して、きれいな温泉に漬かってもらうことだった。射的場の石膏人形が妹のみやげによかったのに、と洋介はなお思っていた。

地下の明るい風呂場で、はじめて母子三人がゆっくりできた。母親にしても、戦時中温泉に入ったりすることはないはずだった。透明な湯のなかの母の白い腕が目の前にあった。子供たちのやせこけた体が群れているいつもの騒がしい風呂場ではなかった。母のなめらかな肌を見ていられる静かな時間がうれしかった。母に背中を流してもらうと、ずいぶん久しぶりだとあらためて思った。

母と妹が来ていた二泊三日のあいだ、洋介は三階の部屋に入りびたりになっていられた。さしずめ正月の三が日のようだった。めでたい日のしあわせを大事に守らなければならなかった。それだけを考えて、特に何もしないでいると、退屈してくるのが正月と同じだった。母が来たらここの暮らしについて何かと訴えたかったのに、そんなことを言う気にはなれなくなった。貧しい食べもののことさえ言わなかった。香月さんの蒲団に「居そうろう」していることも、恥ずかしくて言えなかった。もっと何かしゃべりたいと思いながら、「めでたさ」をこわしたくなくて、あまり話をしなかった。その代わりに、久しぶりに妹とじゃれ合うようにして遊んだ。小さな妹は夜行列車の長旅にもしっかり耐え、一向に不平もいわずに、うれしそうに兄に向かってきた。

二日目の午後、母親は買い物がしたいと言い、三人で出かけた。洋介はお祭りのとき賑やかだった町を思い出し、そこへ案内することにした。ところが、電車で行ってみると、たくさんあったはずの店がすっかりなくなり、別の町のようになっていた。が、一軒だけ、それなりに品物を置いている雑貨店があった。母親は「ここ？」と不審そうだったが、店に入ると何やかや手を出して買うので、洋介はほっとした。こんな店に東京へ買って帰るものがあるのか、と意外に思った。

駅のへんもお祭りのときとは違い、まったくの田舎の眺めだった。梅雨空の下にただ暗い色の畑が広がっていた。

母親は買い物のあと、電車を待ちながら、ふと洋介の目を覗き込むようにして言った。

「お母さまあした帰るのよ。淋しくない？　洋ちゃんが学校へ行っているあいだに、お母さまたちいなくなってしまうのよ」

洋介は何をどう言ったらいいかわからなかった。ただ線路のレールに乗ったりおりたりしていた。

「洋ちゃんもお母さまと一緒に、あした汽車に乗って東京へ帰る？」

洋介はとつぜん、涙が噴きあげそうになるのを感じた。東京へ帰るなど、もう絶対にあり得ないことだと思っていた。いつしかそう心に決めていた。それはいままでは動かしようのないことだった。だが、それを母親が動かせるのだとしたら、ひと思いにその力にすがってしまえばいいのかもしれない。これまで自分が頑張って守ってきたことを、そこで一気に崩してしまえるのだ。

明日、だれにも知らせずに汽車に乗ってしまう。そして、満員列車の母親の座席の下にもぐり込む。精一杯身を縮めて我慢しつづける。新宿駅へたどり着くまで、人に見つからずに隠れおおせる。洋介は瞬間的に自分のそんな姿を思い浮かべた。それはいわゆる「脱走」だった。上級生がよくそのことばを使っていた。実際に一人逃げ出した人がいて、松本駅まで逃げ、人混みにまぎれて汽車に乗り込もうとして、無賃乗車でつかまったのだということだった。

「でも、だめだわ。やっぱりだめね。ここにいなけりゃいけないわ。我慢するのよ。またお母さまが来てあげますからね」

母親はすぐにそう言い直した。何だ、親にだって動かせないことがあるんだ、母は結局自分と同じことを考えていたんだ、と思った。自分はいま、それまで何とか保ってきたものを、ひと思いに崩してしまおうとした。母もまた、とっさの感情に溺れて甘くなった。要するにどちらも同じようだったのだ、と思った。そして、大きな虚脱感と淋しさの波に襲われるのを感じていた。

翌日、母親と妹の出立の日、洋介は朝起きるとすぐ三階の部屋へ飛んでいった。その日は登校日で、朝食のあと列を組んで学校へ行かなければならなかった。母も妹ももう起きていた。部屋の隅には旅の荷物がまとめてあった。洋介はひとことさよならを言いにきただけだったのに、一方で母との別れをそれらしいものにしたいとも思っていた。

過去二日のあいだ、すっかり安心して、ほとんど退屈しかけてすらいたのに、朝になると、別れをことごとしく思うところが出来ていた。だが母親は、ごく平静な、ふだんの表情で洋介を見た。きのうのように、思わず感情に溺れようとするところがなかった。洋介は母親次第で自分の感情もあふれ出すだろうと思い、物足りなかったが、同時に自分の心の不自然さをも感じていた。二日前、母と妹がやって来たときの不自然さがまた戻っているのがわかった。

半日の授業がすむと急いで帰り、こっそり三階の部屋へあがってみた。部屋はきれいにかたっぽにされ、畳ばかりが青々としていた。洋介はやっとそのとき、何かと感情を滞らせる不自然さが消えているのを感じた。いまやっと、楽な気持ちでひとりで悲しむことができるのだと思った。

二、三日後、母親の例の電報が半分に破られて、便所の落とし紙になっているのを見つけた。洋介はそれを使うことができなかった。あわてて二枚ともポケットにしまい、その下にあった新聞紙の落とし紙で尻を拭いた。そのとき遅ればせに、母や妹と会えた喜びが、もどかしさをなくしてようやくはっきりした。それはやがて文句のないものになっていくように思えた。

コンクリートのビルになった旅館の部屋つき女中はみちよさんといった。洋介より一つ年上の昭和十一年生まれだという。旅館の息子が同い年で、いまでは専務と呼ばれて、古い旅館は彼の考えで現代化されたらしかった。昭和二十年に彼はどこにいたのか、もしかして洋介らと一緒に暮らしていたのかもしれない。が、同年輩の旅館の子がいたという記憶はまったくない。洋介がよく憶えているのは美人のおかみさんだったが、元気だったのに、二年ほど前に亡くなったということだ。

みちよさんは、洋介らが浅間温泉にいたころ、もっと山のほうの実家で育っていた。その二十年後結婚をし、五、六年前に離婚して、この旅館で働くようになった。「ひとりがいいの」と言って笑いながら、洋介の夕食の世話をしてくれた。ホテルふうに変わっても、たった一人の夕食を部屋へ運んでくれるのである。

昭和二十三年生まれの鈴丸という芸者が来た。宇野浩二は下諏訪で、ほとんど食事のたびに芸者ゆめ子を呼び、「プラトン的な恋」を楽しんだというが、それと同じように、洋介も鈴丸を呼んでから、みちよさんにも残ってもらい、何やかや浅間温泉の話を聞くことにした。

鈴丸は十年前に千葉から来て、よそを知らずに、若い盛りをここで過ごしたのだという。それでも、元疎開学童の客などははじめてで、部屋へ入ってくるとき、何だかおっかなびっくりの様子だった。彼女が生まれる前のことはおそらく何も知らないのだった。ずいぶん大柄な、なるほど現代の女性だと思った。

洋介は二人を前にビールを飲みながら、この土地の高さのことを考えていた。そして、ひょっとするといま、昔の三階の部屋と同じくらいのところに坐っていることになるのではないか、と思った。

みちよさんは古い建物のことをぽつぽつと話した。ここで働くようになる前から手伝いにきて、よく知っていたらしかった。ここの坂道の旅館が揃って建て直されたのは五年ほど前のことだった。

「特に傷んでいたわけではなかったんですけど、やっぱり時代に合わなくなって、いろいろと不便で。でも、こうなってしまうと万事大がかりでしてね。忙しいときはほんとに目まぐるしいようですの」

「専務の考えでこうなって、お客も多いんでしょうね。結構ですよ。僕らはここを『学寮』とか『寮』とか呼んでいました。ずいぶん住み荒らして出ていったと思うけど、そのあとまた旅館に戻って、三十年もやれたってことですね」

「浅間の旅館はどこも古い建物がしっかりしていましたからね」

洋介は昔の間取りを確かめるために聞いてみた。

「もとの三階の表側は、たしか小さめの上等な部屋がいくつか並んでいましたね。道に面して出窓があって」

「ええ、ええ、ちょうどこのあたりです。××とか××とか」

みちよさんは昔の部屋の名をあげながら、顔をぱっと明るませた。ほとんど洋介よりもなつかしそうな目になっていた。

「このへんは面会に来た父兄が泊まる部屋でしたよ。生徒たちは二階を全部使っていた。二階からここへあがるのは特別なことだったんです。ちょっと天国へあがるようでもあって」

「へえ、どうして天国なの？　そんなにうれしかったってこと？」

鈴丸がはじめて口をはさんだ。煙草で荒れてしまったような低い声だった。

「昔三階には食べものがあって、それを食べにあがってくるのさ。親は食べものを持ってくるからね。それをこっそり食べるのは認められていた。でも、みんなのいる二階へ持っておりちゃ絶対にいけない」

「だから天国？　そういえばそうかしらね」

「飢えたことって、たぶんないんだよね、あなたくらいの歳の人だと。あれはふだんはあがれない階段だった。でも、親が面会に来れば何度でもあがれた。すぐそこらへんにあったんじゃないかな、あの階段は」

「そう、そう、そのへん、そのへん。奥の階段でしょ？　ちょっと狭くて、急で」

十年この土地で芸者をやっている鈴丸は、古い建物の三階へ登る階段を憶えていた。客に呼ばれて何度かそこを登ったはずだった。

母親は面会のとき、家でつくったクッキーのたぐいをたくさん持ってきていた。砂糖がないのに、どこで手に入れるのか、それは十分甘いお菓子だった。洋介は二年生仲間に分けてやる気で呼びにいった。男の子が三人、こっそり階段を登ってきた。彼らは洋介の持つクッキーの缶に飛びつくようにし、あっという間に全部なくなった。階段をおりながら、「うまいなあ」と、うめくように言う声が聞こえた。

だが、それだけではすまなかった。その日、母と妹と三人で町へ出ていたあいだに、だれかがまた三階へあがってきたようだった。帰ってみると、母がお重に入れて持ってきたお赤飯が、だれかにすっかり食べられていた。ずっしりしたお重が、米粒ひとつ残さず、じつにきれいに空っぽになっていた。

洋介はみちよさんに確かめながら、昔の間取りをほぼ頭に収めなおすことができた。玄関へおりる階段のある広い廊下をなかにして、表側と裏側に部屋があった。二階の表側は襖を取り払ってふた間をつなげた広い部屋で、男子生徒はほとんどそこで暮らしていた。朝晩はそこが全員の食堂になった。就寝前の点呼のときもそこへ集まった。

裏側はむしろ表側より明るく、八畳の女子用の角部屋があり、そこへ洋介が入り込んでいた。その先には、折れ曲がった渡り廊下でつながっている新館部分があった。新館の部屋は木口や畳が新しく、きれいで、広々として、そこも女子の世界だった。高学年の子が多く、彼女らはやさしかったが、遊びに行っても長くはいられなかった。彼女らが絵合わせなどを始めて夢中になると、割り込むわけにもいかずすぐに帰った。

とはいえ、そのまま帰れる場所があるわけではなかった。洋介はただ旅館じゅうを歩きまわり、行き止まりの壁を見ては引返した。身の置きどころがないと思った。廊下の床はよく磨かれ黒光りしていて、隅という隅が冷んやりとほの暗い。昔の大きな家のほの暗さである。女性たちの明るい部屋から来ると、廊下の隅々に自分の所在ない心が小さく映っているようである。玄関のほうへおりかけると、坂道に夕日があふれているのが見える。が、外へ出ても何があるわけでもないのはわかっている。

「記憶力がおよろしいのね。驚いたわ。ここのおかみさんのこと、そんなによく憶えているなんて」とみちよさんは、そのことがうれしいというふうに、色白の顔をビールに染めて言った。

「ずっとお元気だったのに、急にね。二年ほど前のことです。おばあさんになってもきれいな人でした。ついこないだのことなんだから、お会いになれればよかったんですのに」

「目のへんの印象が強かったですよ。怒ったりすると、目の色がとてもきれいでね。それに、はっきり目尻があがっていて」

「そうよ、目のへん、目のへん。ほんと、美人だったわねえ、おかみさんは」

昔、子供たちが二階で騒がしくすると、彼女はよく怒って階段をあがってきた。階段の途中まで来て、「ねえ、あなたたち、……」と、おかみさんは目をつりあげて叫んだ。が、そのときはもう皆逃げて、部屋へ駆け込むところだった。階段上の広い廊下はあっという間に空っぽになった。

洋介は、彼女の黒々とした瞳と、つりあがった目尻と、暗い色の紅をつけた唇を、逃げようともせずじっと見ていた。見入らずにいられなかった。彼女が階段を登ってきても、はやだれもいないのが気の毒だと思った。小さな洋介しかそこにいなければ、彼女はあきらめて、黙って引返していくのだった。

みちよさんは、下の町のある旅館のおかみの話をした。そこも洋介の学校の疎開先だったが、その旅館は現在、木の香も新しい最高級の旅館に生まれ変わっていた。コンクリートもモルタルも使わない堂々たる本格建築だった。コンクリート建て替え組の鼻を明かすように立派に出来あがっていた。

「あそこのおかみさんは、とうとうひとりであんな立派なのを建てたんですよ。どうしても本棟造りにするって言ってね。棟木なんかはカナダから輸入したっていいます。ほんとに太い材木は日本ではもう手に入らないんですって。だから本棟造りなんかは無理なんだそうですよ。それを女の手でやってみせるって言ってね」

芸者の鈴丸は、着物が苦しいのではないかと思うほど肉の詰まった大柄な体に顎を埋めて、黙っていることが多かった。が、洋介が香月さんの話をすると乗ってきた。

「それで、その人とほんとに三十年も会わなかったの？　まだきれいだった？」

「うん、きれいだったよ、あなたと同じくらいの背丈で。しかし不思議だ。疎開から帰って何年も同じ学校にいたのに、一度も見かけたことがなかったんだ。子供の世界ってそんなものだろうか。あちらも僕を見たことはなかったはずだ。だから、一年一年と忘れていったんだろうと思う。でも、こちらは忘れるわけがなかった。もちろん憶えていたのは子供のころの顔だよ。それが、四十近い彼女をひと目見るなり、あっと思った。記憶どおりの顔だと思ったんだ、そんなはずはないのに」

「だけどさ、それって記憶力よすぎなんじゃない？　そんな人あんまりいないわよ。その人いくつ年上？　人妻でしょ？　誘惑したくならなかった？」

「ひとつ上だ。みちよさんもここの専務もおない年。みんなあなたが生まれる前の子供だよ」

そのあと鈴丸は、ここの花柳界の話をしながら、十年いても古い話はあまり聞いてこなかった、と言った。

「でも、古い人が多い土地なのよ。何かと昔風にやりたがるのよ。だから、ここはきついほうなの。それで、あちこち渡り歩いてきたような人は、辛抱できずにすぐいなくなる。……古いお姐さんたち、戦時中はどこにいたのかしらね。聞いたことなかったけど」

みちよさんは、つい長居をして、というふうに腰を浮かしながら、

「そうねえ、鈴丸さんは最初からここで、よそは知らないんだものね。箱入娘みたいなものね。その箱入娘がいま、こんなに大きくなって」

と言い、あいた皿を持って出ていった。

上浅間の駅からの道の桜並木のことを鈴丸は知らなかった。彼女はあっさり否定し、

「そうじゃないわよ。それはもうちょっとこっちの道よ。ここから見えるわよ」

と言って立ちあがった。洋介も立った。

浅間温泉はこれからようやく桜の季節になる。鈴丸たちが出るこの土地の花見の宴席はどんなだろう、と思った。子供のころの記憶はいろいろと確かめられても、ここのいまの大人の世界は何も知らないままだった。

鈴丸はガラス窓の内側の障子をがらりと開け放った。毎年の花どきの心のはずみが感じられた。が、彼女はそのまま、外の闇が冷えていそうなので窓は開けなかった。つやつやしたガラスが闇をはね返している温泉町の夜は閑散としていた。現在桜の並木道になっていると彼女が言う道は、闇の底に沈んで、まったく見分けがつかなかった。

ほどなく時間が来て、鈴丸は帰っていった。入れ替わりにみちよさんが現われ、あらためて洋介を見た。そして、いまはコンパニオンという若い人もいますから、お話だけなら芸者さんじゃなくてもよかったですね、と言った。洋介は、われわれよりひとまわり若い芸者さんでよかったよ、よく食べて大きくなった人で、と冗談半分に答えていた。

翌日の朝食に「蜂の子」が出た。洋介はそれが何だかわからず、まだ食べずにいると、やってきたみちよさんが、高いものなんだからお食べなさい、と言った。それで、信州は「虫」を食べる国だった、と思い出した。そんなことを忘れていたとはおかしなことだった。

昔、洋介らは蚕の蛹（かいこ さなぎ）を干したものをおやつに食べていた。サナギは旅館の屋根などに莫蓙を敷いてたくさん干してあった。洋介はそれを、二階の物干し台から空腹にじりじりする思いで見ていたことがあった。屋根におりれば簡単に盗めるのにと思っても、それはできなかった。サナギの味が喉もとに湧いてくると、もうサナギ以外の味は考えられなくなった。うまいもまずいもなく、あの一見アブラムシのような「虫」の味がすべてになった。そのことを忘れていたのだ。

　再疎開する洋介らと入れ違いのかたちで宇野浩二夫妻が住んだ島立村蛇原（しまだちむらじゃばら）は、ここからはやや遠い西の郊外である。浩二は心臓病で余命いくばくもない夫人とともに、亡母らの位牌とカナリヤの籠を手に持って、知人の世話でようやく島立村に落着く。当時配給の量が足りず、夫妻は雑炊ばかり食べていたようだが、サナギを食べることはなかったであろうか。浩二はじめて信濃に住みついて、北アルプスを遠望しながら、民家の庭に干してあるサナギをも見ていたはずである。夫人とともに、浩二自身信州に骨を埋めることをひそかに覚悟していたのかもしれないのである。

　朝食後すぐ洋介は宿を引きあげた。早めに帰ることにして、タクシーで松本の街へ下った。駅前の広場は、近年建物がすべて建て替わり、一変していた。その清潔そうな現代デザインの広場の上に、絹産業の時代の山国のサナギが、いっせいに飛び立つ眺めがふと浮かんだ。過去という巣箱から解き放たれた無数の黒い虫が、広場の空を暗くするさまを思った。洋介は列車に乗るとき、そんな眺めをあとにする気持ちになっていた。

　大正時代の「山恋ひ」は、戦後広く一般化して、洋介もまた三十年近いあいだ、そのためにしか信州へ来なかった。今度の旅は、山とは関係なく、戦争の時代の母親のことで思うところがあった。それから、宇野浩二のことをたくさん思い、浩二のような大正作家への愛を確かめなおした。浩二は彼の母親とほとんど一体となって生き、独特の偏屈な生を文章に刻みつづけた男である。

彼は小さなつまらないことをよく憶えている人だったようだ。何か確かめることがあれば宇野に聞けといわれていたというが、彼の文学はそんな性質をとことん発揮したものになっている。文学の世界なら、いくら記憶がよくても、決して「気味が悪い」ということにはならないのが面白いところではないか。

彼の「女難」の話に出てくる母親は、くわしく描かれるわけではないが、強い印象を与える。彼女はいまだ将来の見込みのつかない息子と二人、狭い下宿部屋で暮らし、そこへ私娼あがりの「嫁」が入り込んで乱暴にふるまってもじっと我慢し、息子がやっとのことで女から逃れると、「それがもうお前の運が強くなったんだよ、そしてあの子の運が悪くなったんだよ」と言い、息子の「運」を信じてひたすら支えつづける。そして四半世紀が過ぎ、立派に「運」をつかんだ浩二は大量の仕事をし、彼の文学は戦前という時代を細叙するものになった。が、やがて彼もまた多くの大正作家とともに戦争に追い詰められ、愛する母親の位牌を手に持って、満員列車で松本まで逃げてくることになったのである。

洋介の帰りの列車は、浩二の下諏訪をあっさり通り過ぎた。それから山地を進むうち、またも昭和二十年の記憶が戻ってきた。七歳の洋介が栄養失調のため東京へ連れ戻され、戦争が終わってからまた疎開先へ戻るときの車中の記憶である。一カ月東京の家で暮らすうち、信州で毎日熱を出していたのも下痢がひどかったのもともかく治っていた。そして、学校との約束どおり、母親と二人で伊那谷の寺へ戻るところだった。

昼間の列車だった。戦争が終わったばかりで、車内は不思議にすいていた。「非常時」というものがとつぜん消えたあとののどかさに、洋介はほとんどうっとりした。いまやいつでもどこでも窓を開け放しにして、のうのうとしていられるのだ。ある一瞬から心ががらりと入れ替わってしまう、驚くべき変化があり得たのだ。

戦争がまだ終わっていなかった八月はじめ、東京へ連れ戻されたとき、満員の列車のなかには、恰幅のいい軍人が一人、おつきの男とともに乗っていて、その高官ふうの男の座席には明らかに余裕があり、まわりの人も口をつつしんで、そこだけは静かだった。戦争が終わってみると、とたんに虚脱したように汽車はがらがらになり、偉そうな軍人の尊大な姿もすでになかった。

「非常時」が切替わり、汽車の窓はすっかり開け放たれていた。そのとき窓の外には浅い谷が開けていた。すいた車内を見まわした目をそちらへ向けると、内も外も素通しのような広さだった。心が嬉々としてその広さへ誘い出されていくのを感じた。信州の野山がはじめてのどかに感じられた。実際は、伊那谷へ戻ればなお二カ月東京へは帰れず、近づく冬の寒さを怖れる暮らしになったのだが、そんなことはまだわかっていなかった。向き合って坐る母親もすっかり安心して、ことばがやさしく、穏やかだった。ひと月前、東京行きの列車に乗り込むため闇のプラットフォームを駆けまわったときとは別人のような静けさ、やわらかさだと思えた。

やっと肩の荷をおろしてひとり休んでいる姿だったのかもしれない。

そのときの野山がどのへんだったかはもうわからない。いま窓から見ていても、記憶の眺めに出会えるとは思えない。あれは終戦という夢に浮かんだ数瞬の眺めだった。あの夢が現在あり得ないように、いまの車窓にあのときの眺めが現われることはないはずである。

山地を越えると甲州である。桃の花盛りの眺望が一挙に広がる。甲府盆地は、北も南も桃の畑が山裾を這いのぼり、一面にうねっているのが見渡せる。

洋介はとつぜん思い立ち、信州とは違う眺めのなかへ降りてみる気になった。石和(いさわ)温泉の駅で降りた。バスに乗って川を渡り、南の山裾のほうまで行った。桃また桃のこの珍しい眺めはたぶん戦後のものなのだ。洋介はそこへひとり降り立ち、桃の木のあいだの農道を歩いていった。農道は新しいコンクリートで固めてあった。

広い自動車道路へ出、それを横切ってもっと上へ登った。道路際のドライブ・インは賑わっていたが、そこを過ぎるとまたひと気がなくなった。たまに畑に人がいると、桃のつぼみを間引く摘蕾(てきらい)ということをしているのだった。脚立に乗った人影が、花の枝と枝のあいだをひっそりと動いていた。

桃の畑のなかに民家が二、三軒並んでいて、はや鯉のぼりが出ていた。近づくと、さかんに泳いでいる鯉は、ふくらみきった胴体がいかにも太かった。特に緋鯉がたっぷりした腹を陽にさらして激しくうねるのを見て、昨夜の鈴丸の着物姿が空を泳ぐさまが思い浮かんだ。それから、鯉をそれほど精力的にする風が上空を流れていることにはじめて気がついた。桃の木のあいだでは風をあまり感じていなかった。盆地の空の広さがよくわかるようだと思った。

桃の花が桜と違うのは、花色が濃くて、花霞の幽邃（ゆうすい）といったものとはおそらく無縁なことである。それに、ここでは木の丈が低く揃えてある。だから、木の花に大きく包み込まれるという感じにはならない。桜の大木の下が華やかな空家のようだと思ったり、高い梢の花を見あげて不安に誘われたりするということがない。気持ちの惑わされようがないというべきかもしれない。

それはもちろん、ここが桃の林ではなく、桃の畑だからでもある。戦後立派に造成された広大な桃の農園なのである。たぶん昭和二十年にはなかったはずの眺めがここにある。桃の木は丈が低いうえに、幹と幹のあいだ、枝と枝のあいだが、遠くまでさっぱりと透けて見える。足が戸惑うということもない、整然たる桃源境である。

洋介はかなり登ったあと引返した。山に背を向け、盆地の中央へ向かって下った。ほぼ目の高さに広々と連なる桃の枝を見ながら、農道のだらだら坂を下っていった。目のすぐ先に、農園の花の質実さといったものを感じつづけた。

桃の畑にいて、過去の信州の経験とは別の、現在の時間のなかにいることを思った。今朝まででいた浅間温泉からさえ抜け出て、いまこんなところにいるのだった。

旅のはじめには、宇野浩二の大正時代へ入り込む思いでいた。それから、昭和二十年が戻ってきた。その二十九年後の記憶と、三十五年後の旅がそれに重なった。浅間温泉では、いまはもうない旅館の記憶が、二人の女とのあいだでしばらく生きていた。

洋介はいま、そのあとの時間に入り込んでいるのだと思った。とつぜん思い立ち、降りたことのなかった駅で降りて、自分の現在の場所へ戻ったというふうに感じていた。あとの時間の現在だった。はじめて知る桃の花の世界だったが、そのなかへいま引き戻されたという気がしていた。見知らぬ場所にひとりで立つ新奇な経験がそう思わせた。

郊野

亮一が都心のアパートを引き払い、両親の家へ帰ってきたとき、その郊外住宅地に人が多いのにあらためて驚いた。もともと亮一が育った土地で、何年か離れていただけで驚くことはないはずだった。が、私鉄駅に近い一帯を、買い物の主婦たちが隙間なく埋めている眺めに、少なからず目を見張る思いがあったのだ。

近年、都心は時にからっぽになることがあっても、郊外は人が密集していることを知らないわけではなかった。それが経済成長さなかの社会の現実でもあった。が、それにしても、育った土地の変化は、なまなましく胸に迫ってきた。

戦前、両親が結婚して住み着いたとき、そのへんはまだほんの田舎にすぎなかった。人が群れるのは神社の祭礼のときくらいだったし、駅からの道も、家の少し手前で舗装が跡切れていた。戦争が始まっても米軍の空襲はなく、町はそのまま残ったが、亮一が育つあいだも田舎びた空気は変わっていなかった。

何年か前、戦前からの家を父が二世帯用に建て替え、二階を人に貸していた。その家族が出ていったあと、亮一がひとりで住むことになった。両親の暮らしは階下にあり、外階段を登る二階は、半分宙に浮いた感じで明るかった。古巣へ帰ったという思いは特になかった。その後十年というもの、亮一は古巣に落着くというより、しばしばそこから出ていき、移動が大きくなりがちだった。旅が増えていったのだ。以前より楽に外国へも出られるようになっていた。

弥生との関係が、おのずから育った土地へ入り込む、ということにはならなかった。二人は相変わらず、都心で会っては別れることをくり返していた。弥生もよく動くたちで、方向感覚も確かで、家は遠いのに、鉄道を乗りこなしてどこへでもやってきた。約束した時間どおりに駅で落合い、顔を見るや否やすぐさま動くことができた。いつでも旅をするように動ける相手だった。

亮一にとって、自分が育った郊外が、むしろ両親の土地のように見えることがあった。そのうえ近年人が増え、様子が変わっていた。そこから出たり入ったりしながら、亮一はその動きを特にあわただしいとも思っていなかった。

弥生とはじめて関係が出来たのは旅先でのことだった。そのとき亮一はバンコックにいて、東京で働いている弥生のオフィスに電話をしてみた。ちょっとした用があったからだが、話の終わりに思わず口を突いて出たのは、これからバンコックへ来ないか、ということばだった。半分軽口のようだったかもしれない。だが弥生は、即座に誘いに乗ってバンコックへやって来た。仕事中の弥生は、たぶん会社からひと思いに飛び出す思いになっていたのにちがいない。

真夏のバンコックを一緒に二日間歩きまわった。それから、南下してマレーシアへ入る列車に乗り込んだ。汚れた寝台車だったが弥生は喜んだ。四時間もするうち、保養地ホア・ヒンに着くと、祭りでもあるのか、人々の列がごくゆっくり列車に近づいてきた。長い列で、めいめい果物などをささげ持ち、車窓のすぐ下の薄暗がりを通っていった。弥生は目を見開いて行列が消えるまで見ていた。ひとりで日本を飛び出し、三日目が暮れていくのを、ひとりで見ている姿があった。

列車にはキッチン・カーがついていて、ボーイがそこから夕食を運んできた。焼き飯カオ・パに、鶏と野菜のスープがついていた。キッチン・カーはほとんど壁がなく、調理場は外からまる見えで、中華鍋を大きく振って調理するさまが見えた。カオ・パもスープも、きれいではないがうまくて、ビールを飲んですぐに眠った。

翌朝、国境手前のハジャイの駅で降りた。女たちが食べものを頭にのせて売りにくるのと入れ違いに町へ出た。すでにマレーの色の濃い華人の町だった。そこで一泊することにした。昼間は海辺の町ソンクラを見にいき、夜は路地が屋台で埋まっている町をさまよった。安い密輸品を買いにくる人でごった返していた。二階が路上へ張り出した騎楼(チーロー)が並ぶ町で、亮一は弥生が面白がってくれれば、タイ南端の地方都市に埋没する一日が幸せなものになるだろうと思った。

弥生とはその後も何度か、東南アジアへ出かけた。帰国すると、東京の都心を歩きまわるつき合いに戻った。弥生の様子はアジアの国を歩くときと変わりがなかった。スラックスの長い脚を伸ばしてどこへでも踏み込んでいけた。彼女は荒川を越えた先の埼玉の町の住人だったが、ほとんどの時間を東京で過ごしていた。勤めが退ければ亮一と夜の街を歩き、亮一の住む町へ入り込むことなく川むこうへ帰っていった。

亮一自身、育った土地をあらためて意識するのは、近くの町で法事があるときくらいだった。小学校以来の友達の家がまだ何軒か残っていた。ある年、昔仲のよかったクラスメートの女性の家の葬式に出かけた。彼女の夫が早逝したのだった。同級の別の女性が迎えにきてくれ、一緒に行くことになった。

葬儀のあと、会葬者は家の前の道に立ち並び、出棺を待っていた。そのなかに、夫を亡くした人の従妹の顔が見えた。彼女は若いころ、いわゆるニュー・フェースとして映画に出たことがあった。中年になった彼女の目の大きな顔が、人々のうしろに見えていた。

亮一は一緒に立っていた相手に、そっとそのことを伝えた。が、彼女はすぐにはそちらを見ずに、ある男の級友のことを話しだした。中学のころにはすでに不良少年のようになっていた級友のことだった。

彼女はあるとき、年配の女性に彼のことを話し、「あら、あのいつも木の上にいらっしゃった方ですか」と聞き返されたと言い、道いっぱいに響く鋭い声をあげて笑った。腕白少年の家はちょっとしたお屋敷で、年配の女性はその隣りに住んでいたことがあったのだ。

少年は中学を卒業するころ、下級生の美少女に思いをいだき、彼女のことから中学校の教員室に放火しようとしたことがあった。その片思いの相手がいま道端にいたが、かつての不良少年の姿はなかった。

亮一は亮一で、当の葬式の家のクラスメートと小学校以来何年か親しくした。それが亮一の初恋というものだったかもしれない。このへんはそんな思春期が埋め込まれている土地にはちがいないのだった。


亮一が両親の家へ帰って十年、とつぜん母親が死んだ。戦前の建て売り住宅を買ってこの地に住みつき、四十何年かがたっていた。母親は家庭の主婦の精力をまだまだ残していたが、その精力は六十代最後の年に唐突に失われることになった。医者の診断は小脳出血だった。

私鉄の駅へ通じる、うねうねと曲がる旧道がある。母親が運び込まれた病院は、旧道の先の駅のむこうにあった。亮一は毎日その道を歩いて、病院とのあいだを往復した。母親の命がなくなるという事実が怖ろしかった。夜など商店の明りが消えた道は、冷たくがらんとして、すでに母親がいなくなったあとの空洞を伝い歩くようだと思った。

昔、駅のむこうに病院はなかったから、母親は馴染みのない妙なところへ運び込まれたという気がした。そのうえ、設備は新しいようなのに、おそらくそれは脳卒中とは関係のない新しさで、医者はなすすべがないと言わんばかりだった。母親は一週間、ほとんど放っておかれた末に死んだ。

戦前、このへん一帯が住宅地になったとき、まっすぐな道が縦横に通されたが、そのなかにうねうねと曲がる旧道が一本残され、そこがやがて商店街になった。母親は毎日そこへ出ていき、せっせと買い物に歩いていた。亮一も子供のころは酒屋や魚屋や肉屋へ使いにやらされた。だが四十年ののち、母親が買い物をしなくなってしまえば、その道もただだからっぽの長い廊下にすぎなくなった。

葬式は、旧道から少し入ったところの寺に頼んだ。寺や神社は昔のままに田舎びていた。亮一は会葬者のための「指さし」の紙を何枚も、旧道の曲がり角などに貼ってまわった。人々は神社の角を曲がって、昔ながらにのどかな寺域へ入ってきた。

母親が亡くなると、階下と二階に父親と息子が一人ずつ暮らすことになった。階下の物音も聞こえなくなった。亮一はあらためて家の近辺を歩いてみた。母親が生きた土地をもう少し広げて見てまわった。旧道が尽きるところから奥のほうへ行くと、新しい広大な公園に出る。戦前のゴルフ場が、オリンピックのために作り直された運動公園である。

ジョギングの人たちが見えたが、亮一は特に運動はせず、近くに見つけた大きな花屋へ入ってみた。園芸用の草花がところ狭しと並べてあった。奥には温室もあり、鉢植えの熱帯植物などがびっしりと詰まっていた。そんな大がかりな店をこのへんで見るのははじめてだった。

亮一は店内を見てまわりながら、中学生のころ思いがけず熱中した園芸趣味のことを思い出していた。家の庭は広くて、戦後野菜畑にしたあと、すでに野菜をつくらなくなっていた。そこへ中学生の亮一が草花を植え始めた。小遣いで買える金魚草や松葉牡丹や百日草やペチュニアやマリゴールドやパンジーやデイジーなど、いろんな苗を次々に買ってきては植えていった。

庭の草花に朝晩水をやりながら、亮一はおかしな夢を思い浮かべることがあった。自分が家から抜け出て、その種の小さな草花の蔭に隠れてしまうさまを思ったのだ。庭へ逃げ出し、愛する花々のあいだに自分がまぎれてしまうところを漠然と思ったのである。実際は、そんな幻想をまつまでもなく、たとえば日まわりのような丈の高い花を密植して、その陰に身を隠す場所をつくることもできたはずだ。が、亮一はそのために何か実際的なことを考えたりはしなかった。その代わりに、ひそかな幻想を図に描くように、小さな草花ばかりの花壇の設計図をくわしく描いていった。

ある日の学校の休み時間だった。亮一はグラフ用紙を広げて、花壇の設計図を描き始めた。どこに何を植えるかを、考え考え書き込んでいった。何もかも忘れて夢中になりだした。いつしか設計図は、変にくわしいものになっていった。

ふと気がつくと、級友が何人か、肩越しにそれを覗き込んでいた。そのうち、覗き込む者が増え、亮一は大ぜいにとり囲まれたようになった。人のうしろから見ようとして、跳びあがったりする者もいた。

亮一は狼狽し、まっ赤になった。花の名なんかをいちいち読まれるのはたまらなかった。まるで家出の計画が、皆の前で大っぴらにされているみたいだった。

級友たちはそれが何かやっとわかると、亮一の苦しまぎれの説明に耳を傾ける親切をちょっと見せた。それからいっせいに散っていった。


弥生はそれまで、亮一の両親の土地と関わるところがなく、旧道の商店街を歩いてやってくることもなかった。ずっと埼玉に住んでいたから、このへんは遠すぎ、ふだん亮一が使う私鉄に乗ることもないようだった。

亡母の一周忌が過ぎ、またしばしば弥生と会うことになった。夏が来て、彼女は海へ行こうと言いだした。海なし県の育ちからか、弥生は東京を越えて南の海へ出たがり、いまでも海水浴が好きだった。

その日、海へ行くため都心の駅で待ちあわせた。亮一は都心へ向かう電車のなかで、隣りに坐っている男の子のことが気になっていた。小学校一年生くらいの子がたった一人で坐っていたのだ。その子は時どき、亮一の裸の肘に触れながらごそごそと動いた。

亮一に触れているほうの小さな肘に、すりむいたあとのかさぶたがあるのが見えた。彼はもう一方の手でそれをいじろうとして動くのだった。かさぶたはもう黒くなっていて、彼はその端のほうからそろそろと剥きかけ、痛くなると手を引込める。そして、誘惑に負けたようにまた手を伸ばし、別の端を剝き始める。誘惑と戦い、それに負け、をくり返しながら、男の子は亮一の腕に落着きなく動きを伝えつづけた。

大人のなかにひとりでいる子の小さな肩が、かさぶたをいじるためにもっと小さくされて隣りにあった。彼はおそらく放心していて、亮一は彼の無意識の落着きのなさをしっかり受け止めてやる思いで、自分の体を動かさずにいた。彼の放心を守ってやりたかった。

あんまり剥きすぎると、海の水が染みて痛いよ、と思わず声をかけそうになってから気がついた。その子を連れて海へ行くのではなかった。いつものように弥生と二人で行くのだった。電車に乗ってどこへでも行く。それが国内にいるときの二人の週末なのだ。

弥生はターミナル駅の改札口にいた。水着を入れた小さなナップザックをひとつ、長身の背に引っかけた姿で、弥生は亮一を見るや否や、海へ行く私鉄の改札口へさっさと入っていく。彼女は時間や場所を間違えたり、時間に遅れたり、ということがないし、亮一の動きとよく噛み合い、もどかしい感じが少しもない。細身だが体力があって、どんな移動も苦にしないように見える。きょうも弥生は申しぶんなく身軽で、元気そうである。

一緒に電車に乗り込んだのは若い娘が多かった。弥生はグループの彼女らよりあきらかに年上らしく見えた。彼女はすでに、東南アジアの海を知っているが、きょうは若い娘たちが押し寄せる近場の海へ行こうとしている。そこは亮一も少年時代によく連れていかれた海だった。

混んではいたが、何とか並んで坐れて、弥生はやがてまわりの娘たちの騒がしさとは多分に無関係な話を始めた。

「バンコックのすごい暑さがなつかしいようだわ。タクシーのクーラーが全然きかなくなっちゃうんだものね。そのタクシーがまたひどくて、乗るときあなたがいちいち値段を交渉して、それが言い合いになるみたいで、最初はこわかったのよ。タクシーは怒ってさっと行ってしまったりして」

「あれは別に喧嘩してたわけじゃないよ。あの国は何でもネゴシエーションなんだ。交渉して、その値段じゃ合わないと思えば、タクシーはあっさり行ってしまうんだよ」

「でも、乗ってからもいろいろとあったじゃない。運転手が道を知らなくて、あとからどんどん値段をつりあげて、あなたが怒って」

「結局こちらが道を教えたようなものだったからね。運転手が知らないはずはない場所だったのに。あれはわざとだったんだろうと思う。こちらの言い値が安すぎたのに乗せておいて、あとから値段をつりあげたんだよ」

「ともかくあの暑さって、ちょっと忘れられないわ。あの熱気と匂い。ひとりでバンコックに着いたとたん、あのなかに鼻を突っ込んだんだから。そこにあなたが待っていて」

「日本の夏も暑いけど、たしかにあれとは全然違う。こちらは熱気というものがないし、匂いもないね。電車のなかさえ匂いがない。何だか物足りないようだ」

　あのタイの旅は、亮一の母親が倒れる寸前のことだった。暑熱の地から帰り着いた早春の日本は、夜などまだ冷えびえとしていた。何が起こったのか、すぐには理解できない気がした。

救急車のサイレンがただ猛々しく冴えて聞こえた。

電車が少し前からのろくなっていた。時どき駅でもないところに止まったりした。よく止まる電車だと不審に思いかけたとき、

「や、ほんとうだ、ここだ、ここだ」

と、近くに立っていた男が、亮一らの背後の窓越しに何かを見つけて叫んだ。皆そちらを覗こうとし、立っている人が動いて、亮一の前のへんに寄り集まった。若い娘たちが呻くような悲鳴をあげた。

線路の砂利の上に若い男が倒れていた。半ズボンから出ている足が変に白かった。鉄道の男や警官が男を運び出そうとしていた。四人がかりで持ちあげた男の片頬に、黄色い土埃がべったりついているのが見えた。おそらくひとつ前の電車にはねられたのにちがいなかった。

血はほとんど出ていないように見える。が、もう死んでいるのかもしれない男は、担架で運ばれ、線路際の夏草の上におろされた。男の靴は片方が脱げて、灰色のソックスをはいた足先が担架のふちからはみ出ていた。

ひとりの警官が、どういうつもりか、ふとその足首をつかもうとした。すると、足の先がぐらりとねじれ、人形の足みたいに向きが逆さになった。「キャー」という声がいっせいにあがった。

そのとき電車は動きだし、ゆっくり現場を離れ始めた。とたんに、乗客たちの声はかえって

騒がしくなった。息をつめていたあと、人の瀕死の眺めから解放され、海水浴客の陽気さがたちまち戻ってしまった。

電車の進行はもはや何の滞りもなかった。海へ向かって坦々と時を運ぶ響きをたてつづけた。弥生は再びタイ旅行の話に戻っていた。

「寝台車でハジャイに着くちょっと前の朝よ。朝は涼しいのに体がべとべとしていて、あなたはまだ寝ていたけど、ひとりでシャワーを浴びにいったのよ。トイレの便器のそばにシャワーがあるのを知ってたから」

「あなたがシャワーから帰ってきて、僕は目が覚めたんだよ」

「それであたし、トイレから出てふっと見たら、そこが列車の最後尾で、うしろがすっかり見えるの。野のまん中の一直線の線路が飛んでいくのよ。あたしがトイレに入っていたあいだに夜が明けたんだわ。いつの間にか明るくなっていたの」

「バンコックから十八時間かけてハジャイへ着いた。たしかに朝早かったね」

「あたし裸になってシャワーを浴びたあとだったから、急に夜明けの光にさらされて、何だかこわくなった。がたがた揺れるし、線路に振り落とされそうな気がして。あたしほんとに、あのまっすぐな線路の砂利の上にごろんと置き去りにされるんじゃないかと思ったりしたの」

「ひとりでタイへ着いたばかりのときだったたしね。たしかに、あのへんは一直線に切り開かれた線路だった。南へ南へとまっすぐに伸びていた」

「この電車の線路なんかとは違って、あまりにまっすぐで、どこへ行くのかもわからなくて」

ほどなく降りる駅が来た。若い海水浴客たちは、最近宣伝の派手なもっと先の海へ行くらしかった。二人は待っていたバスに乗り、岬へ出た。海の空気に触れたとき、亮一はなぜか弥生に会う前の電車で隣りに坐っていた男の子のことを思い出した。

岬の先端へ向かって歩きながら、その子がついてくるような気になった。声をかけたらここまで素直についてきた、というふうに思った。腰のへんに男の子の頭が動くのが感じられた。弥生が知らない男の子だった。海の風のなかで少年が生きて動きだすさまを思った。

弥生は弥生で、海の光を浴びて気分を一変させていた。さっきタイの鉄道がこわかったという話をしたのも、とつぜん瀕死の男を目にしたからにちがいなかった。そのときからの気分を振り捨てるように、弥生はどんどん先へ歩いていった。

家族連れがたくさん木蔭の芝生に陣取っていた。岬をまわったところに人の少ない入江があるので、亮一は弥生をそこまで連れていくつもりだった。東京湾口の海がひらけてきた。近いところを船が何艘も通った。亮一の腰の横にいる男の子が、船に向かって黙って手をあげて相図するところを思ってみた。

灯台の下のトンネルを抜けると、入江の浜が見おろせた。思ったとおり人は多くなかった。崖の上の旅館に入り、水着に着替えた。旅館は混雑していた。

真昼の海は青々とたぎって見えた。弥生は熱帯の海でも着ていたレモン色のビキニ姿で水に飛び込んだ。水は思いのほか冷たかったが、弥生は激しく泳いでみせ、勝手に遠くまで行った。海外ではたいして泳がずビーチにいることが多いのに、その日彼女はほとんど浜へあがらずによく泳いだ。国内ではまるで学校生徒のように泳ぐ気になるらしかった。

弥生は沖のほうから戻ってきて、波を受けて立ち、ひと休みしながら言った。

「さすがに焼けるわね。でもいい気持ち。沖のほうで泳いでる人がかなりいたわよ。女はいなかったけど。電車にはねられたあの若い人、あのときもう死んでいたわよね。足首がくるっとまわって逆を向くなんて、あれは絶対に死んでる人の足だったと思う。あれを見たとき、生きてる人には起こり得ないことが起きたって感じがはっきりあってぎょっとした。ゆっくり泳ぎながら、そんなことを思い出したりしていたの。沖は広くて気持ちがよかったから」

二人で浜へあがったとき、隅のほうに小さな人だかりが出来ているのに気がついた。そちらへ行ってみると、人がたかっているのに声がなかった。人々の脚のあいだから、何かが砂の上に横たわっているのが見えてきた。

また事故だ、と思った。目を閉じた男の土気色の顔が見えた。人々の脚に遮られているのに、顔の全体がなぜかはっきり目に飛び込んできた。またも若い男だった。溺れたらしいことがわかった。沖のほうへ泳いでいって溺れたのにちがいなかった。

警官が人工蘇生器というもののポンプを動かし、男の口へ空気を送っていた。ポンプはカタカタと小さく音をたてた。もう一人の警官が、男の肋骨のへんを押して人工呼吸に努めていたが、自信がないのか、手の動きが弱かった。男の仲間が三人、身を低くしてじっと男を見守り、そのうしろから見物人が覗き込んでいた。警官以外は皆裸だが、陽に焼けた彼らの褐色の体と横たわっている男の体は、同じ人種とも思えないほど色が違って見えた。すでに男の手の先は、青白いような薄紫色のような、おそらくこの世に比べるもののない色に変わっていた。

警官が男の口に当てていた人工蘇生器のマスクをはずすと、なかば開いた口から大きな出っ歯が現われた。厚い唇はどす黒かった。長めの髪は砂まみれだった。派手なコバルトブルーの水泳パンツをはいた青年の濡れた体は、すっかり血の気がなくなるまで疲れ切った末の、ただぐったりと力の抜けたみじめな姿にすぎなかった。それは死というものを思わせるより、むしろ薄汚れた土気色の生が、そこに無造作に投げ出されているというふうに見えた。

土地の人らしい普段着姿の男が二人、裸の海水浴客の人だかりのうしろでうろうろしていた。一人がだれに言うともなくつぶやいた。

「そりゃ、あれを助けようたって、容易なこっちゃない。大変ですよ。なにせ、五分以上も水の底に沈んでいたっていうからね」

そしてもう一人は、我慢できないように、

「遅いなあ」

と道路のほうを見あげたが、そのとたん、遠くから救急車の音が聞こえてきた。音は遠かったのに、救急車はすぐに現われて、浜を見おろす道に停まった。

男たちが駆けおりて来、本格的な人工呼吸が始まった。青年の両肺が激しい力で押された。手荒な大仕事になった。青年の仲間二人は、横たえられた両脚にタオルを巻き、手分けをして片脚ずつのマッサージを始めた。もう一人は裸のままの両腕を揉んでいた。人工蘇生器の透明なマスクの下の鼻は大きくて、肉が分厚いようだったが、もはや自力で空気を吸うことができず、びくとも動かなかった。救急車の男たちの手荒な処置にもかかわらず、男の黄色い体には少しも変化が現われなかった。

亮一は母親の最期を思い返していた。母親も酸素吸入を何日もつづけた。いま青年は呼吸を始める様子がないが、母親は汗ばんだまっ赤な顔で激しく呼吸していた。はだけた白い胸は妙に若く見え、顔もいくらかふくらんで、息の音の激しさとともに、ふだん見たことのない精力あふれるさまが異様だった。一個の生命の力が勢いよく噴出しつづけていた。それが彼女の最後の闘いだった。その後母親は静かになり、酸素テントに入れられて、溺れた青年と同じような顔色になっていった。

弥生はもちろんそんな場面は見ていない。亮一は日ごろ母の死について、特に何か話すということもなかった。目の前の瀕死の男の闘いは、もう終わっているのにちがいない。弥生は男に変化がないのを見ると、救急作業の場をつと離れ、人だかりの外へ出た。そして土地の男たちのそばに立ち、ひとり海のほうを見ていた。

太った中年男が、胴間声で怒鳴り始めた。

「おい、おい、そんなにたかるない。見世物じゃないんだから」

急に見物人が増えていたのである。男は押しかぶせるようになおもつづけた。

「そっちは開けとけって言ってるだろうが。そこに立つと、風が通らなくて困るんだからよ」

溺れた男に風を送るため、風上にあたる方角は、人だかりにちょっとした隙間がつくってあった。あとから来た人はそれに気づいていなかった。

弥生はたまたま、その太った男に近いところに立っていた。レモン色のビギニ姿の長身が、ずんぐりした土地の男と対照的な姿で並んでいた。男が怒鳴っている相手は、風の道を塞いでこわごわ遠巻きにしている女性たちだった。

弥生はいつの間にか、土地の男と一緒に、彼女らと向き合うかたちになっていたのだ。たぶんそれを意識せずに、亮一からも離れて、弥生はひとりそちらを見て立っていた。


母の死から五年たち、亮一は父の家を離れることになった。埼玉県の郊外の町へ引越すことにした。そこは埼玉でも西のほうで、東京から北にあたる弥生の家とはたまたま方角違いになった。

父親は家を新しく建て替えようとしていた。土地が借地だったので、地主と折半して自分の土地を得、そこへ新しく小さな家を建てる計画だった。亮一の子供のころの庭は消えることになる。亮一が数年前から勤め始めた大学のキャンパスが、半分埼玉の田舎へ移るので、その近くに住むのがいいだろうと思った。

育った土地を離れる引越しは、簡単なことではなかった。始末しなければならないものが多すぎた。まず古本屋を二軒呼び、いらなくなった本をたくさん売った。長く使った勉強机も本棚もベッドもすべて処分した。小学生時分からの四十年分のモノの始末に明け暮れなければならなかった。

引越し先を決めるため埼玉へ往復しながら、亮一は育った土地の背後の広がりを実感させられた。両親が住みついてからあらたに広がった郊外だった。それは亮一自身の過去の背後に広がりつづけた郊野でもあった。亮一はそこを探索するつもりで、新しい住まいを探してまわった。

ひと月かけて引越し準備をするうち、過去半生を始末して、その広い郊野へ出ていくというつもりになっていた。鉄道線路沿いの無数の町々はすべて目新しかった。自分の過去が積み重なるあいだに、郊外の町がこれだけ増えていたのだと思った。

古い郊外に比べて、空気がずっと稀薄な気がした。大学も、一部をそこへ移す引越しの作業を始めていた。政府の方針もあり、近年都心から新しい郊外へ出ていく大学が多かった。

古い家はすぐにも取り壊されようとしている。そこに何も残さずに出ていく日が近くなった。亮一は稀薄な空気の、広大な郊野に誘われる思いで、身のまわりにたまってしまったものを処分しつづけた。新しい旅の支度に励むようでもあった。

過去五、六年、東南アジアへの旅が重なっていた。ヨーロッパへの行き帰りに寄ることもあった。タイへは何度か行き、バンコックでは井田道夫という青年と知り合った。

道夫は東京の会社をやめてタイへ来ていた。彼はバンコックの暮らしに馴染みながら、タイ語の勉強を始めたところだった。一見スポーツ・マンふうの短髪の青年だが、単純に明朗快活というのでもなかった。東南アジア世界へ出てきて、街の泥にぐずぐずと馴染みつつある様子もうかがわれた。笑顔が時にひきつったようになるのも気になった。

二年前のある事故がきっかけで、結局日本を離れることになったのだ、と道夫は話した。大きな事故だった。ところがそれを、彼はまったく憶えていないというのだった。あとから聞いた話では、東京の二月の夜更け、雪が残る道で彼はひとり倒れていたらしい。頭の骨が折れる大怪我だった。いま生きているのが不思議なんです、と彼は言った。

「たぶん何者かに頭を割られて、その後何とか生き返ったんだけど、その記憶が全然ないんだから困ってしまう。つまり、生き返ったっていう実感は特にないんですよ」

「記憶が不連続なんだね。その日何をしていたかもわからないのか」

「ええ、そこはじつに何もなくて、白紙というか無というか。じつはもっと前の記憶も、まだ十分戻ってはいないんですが」

道夫とランチを食べながら話していた店の前の道は混雑していた。車が乱雑に行き交い、排気ガスが漂ってむんとしていた。亮一は、道夫がバンコックで交通事故にあった話を聞いているような気になりかけた。だが実際は、それは二年前の真冬の東京での話なのだった。

「看護婦さんに、あんたの脳ミソ全部見ちゃったんだからね、ってからかわれて」

「つまり君は、すっかり丸裸にされていたってわけだな」

「僕の脳ミソはくだけた骨に埋まっていたらしいんです。それをきれいに取り除いて、そのあとセラミクスの頭蓋骨を入れたんです。それまでは僕の頭は骨なしだったたってわけで」

「しかし、頭をそんなにあけっぱなしにしておけるものなの？」

「もちろん頭皮は縫っておくんです。全部あとから聞いた話なんだけど」

「そんな大改造をやって、よく二カ月そこらで退院できたもんだ」

「頭のなかをずいぶんいじられたんでしょう。だから、僕はもう以前の自分じゃないのかもしれない。手術後脳痙攣が起きるのがこわいんだけど、一度だけそれがあって、僕はだいぶ暴れたらしい。抗痙攣剤というのをずっと飲んでいました」

「それにしても、完全に自分の頭らしい感じになるまで、ずいぶん不安だっただろうね」

「何カ月か、頭悪かったですね。五分前のことがきれいに消えてしまうとか、何しろ変でした。やっぱり人に迷惑かけたんだろうなあって思う。でも、こっちへ来てからはもう全然異常なしです。難聴が少し残っただけで、頭が痛くなるなんてこともないし」

亮一は道夫の頭の手術跡を見せてもらった。スポーツ刈りの短い髪のあいだに縫い目が走っていた。うまく縫い合わせてあって、それは伸びかけたやわらかい髪を指で分けてみてやっと見えてくる地肌の白い線だった。彼が時に見せるひきつったような笑顔も、その手術と関係があるのかもしれないと思った。

「人に脳ミソをすっかり見られてから、また生きていくっていうのも悪くないですよ。セラミクスの頭蓋骨の具合もとてもいいし、僕はもう別人になってるのかもしれない」

道夫は低くしていた頭を振り立てながら笑い、それから店を出て、亮一を歓楽街のほうへ連れていった。まだ日が高く、遊びにいこうというのではなかった。この半年ほど、彼が「別人」になって馴染んだ街を見せようというのだった。

道夫は事故のあと無事に会社へ戻ることができたが、会社勤めはその後一年しかつづかなかった。叔父さんという人が商社のバンコック支店にいた。彼はその人を頼ってやってきて、雑貨屋の二階の安いひと間で暮らし始めた。驚くほど安いのがありがたかった。アルバイトとして継続的に叔父さんの会社に雇ってもらい、歓楽街へ遊びにいくことも覚えたのだという。

その街の昼間はいかにもがらんとしていた。そこを歩きながら、亮一はいちいち道夫の話を聞き、日本で会社勤めを二年でやめた若者にとってのバンコックを思ってみた。道夫は同じ場所が音も色彩も一変する夜について話しつづけた。

「ほら、あそこもここも、夜はどの店も女の子があふれていますす。それはそれは賑やかなんです。中がまる見えの店も多い。だから、女の子たちの色彩がぱっと目に入る。一度遊びにいって、次にその店の前を通ると、女の子が二、三人、わっと飛び出してきて、連れ込まれてしまうこともある。いまのこの時間の街がまるで変わってしまう。ただ、女の子のいる店にもいろいろあります。客が酒を飲んでいる目の前のカウンターの上で女性がビギニ姿で踊っているゴーゴー・バーもあれば、日本式のクラブもあって、そこはちょっと高くて、中は見えない。ほら、あそこがそういう店ですよ。叔父さんの会社が使ったりしてます。それから、あそこのステーキ屋は日本人の経営で、安くてなかなかうまいです」

たしかに、道夫が生き返ってからの場所が、こちらに出来かけているのかもしれなかった。事故以前とは一変した世界の色彩と音と匂いがあって、道夫はそれを説明してくれているのだろう。亮一は、彼の言う「別人」の生というものを思ってみる気になった。「別人」が語る夜の街があるのだと思った。

道夫はふとひと息ついてから、少し調子を変えてこんなふうに言った。

「事故の前とあとでは僕は違ってしまったんだから、いま僕はタイ人になっていてもいいわけですよね。むしろそうなるべきかもしれない。でも、この歓楽街で遊んでる限り、僕は日本人でしかない。女の子たちの仕事は主に日本人相手なんですからね。僕はまだ病院へ行くので、時どき日本へ帰るんです。でも、そのままむこうにいる気にはなれない。日本にいても面白くない。そのくせ、僕はここではあくまで日本人なわけです。困ったもんだと思うけど、当分しょうがないいんですよ」

その日、道夫はもっと違う街へも連れていってくれた。オート三輪のサムロに乗り、少し離れたスクムビットの小路へ入り込み、ムスリムの男たちが群れている淫靡なホテルを覗いたりした。そのあと、北の中央駅に近いあたりの安宿地帯とチャイナ・タウンを歩きまわった。旅社という名の安宿にいる日本人や欧米人の若者たちと少し話した。道夫に比べてもっと汚れた感じで、すっかり姿勢を崩している人たちがいた。

亮一はその後、あらためて弥生を誘い、またタイへ行った。再び鉄道で、寝台車に乗って、今度は北へ向かった。

チェンマイの街では、自転車のサムロに二人で乗って、寺を見てまわった。濠に囲まれた旧市街に何十という寺が蝟集している小さな古都である。人々が食べものをたくさん持ち込んで、本堂の大仏の前で、日本のお花見のように飲み食いしている寺があった。別の寺はもっと厳粛で、黒衣のタイ娘らが仏に向かって揃って膝行し、額が床につくまでしなやかに身を倒し、拝んでいた。薄暗い堂内に、彼女らのふくらはぎと足の裏が白かった。あとから弥生も、見よう見真似で長い体を倒して額づいた。

亮一は、日本で仏像に手を合わせることはめったにないが、タイではいつの間にか、小乗仏教の仏を拝む気持ちになっていた。仏像の金色と壁の白と天井の赤といった色彩に囲まれて、慰めを感じる瞬間もあった。死んだ母親が、こちらで金色の仏になっていてもよさそうだと思った。

寺で金箔を買って、小ぶりな仏像に貼りつける。前の人が貼った隙間を埋めるように貼っていく。そのあと、静かな寺町をサムロで運ばれながら、亮一は熱帯の日光のほうへはみ出ている自分の裸の腕が光るのに気がついた。金箔のごく小さな破片が、腕全体に飛び散っていたのだ。寺では僧が法話のあと、手の先を振って頭に聖水をふりかけてくれたが、いつの間にかその水が金に変わったというようだった。

仏像に金箔を貼りつけたときの手ざわりが戻ってきた。あらためて何か硬直したものの感触がよみがえった。母親が死んだばかりで、熱帯の光のなかに横たわっているとしても、むしろ自然ではないかという気がした。

再びタイの真夏の三月だった。チェンマイより一段と暑いバンコックで、また井田道夫と会った。数年ぶりだが、彼の暮らしも顔つきも変わってはいなかった。はじめて弥生を紹介し、三人で夜の歓楽街を歩いた。

弥生は、原色の服や水着の女の子たちがあふれている店々を見て通りながら、同時に、遊びにきている男たちを見ていた。前より欧米人が増えているのがわかった。道夫はバンコックの最近の変化の例をいくつか話してくれた。

小柄な道夫と並ぶと、弥生のほうが少し背が高かった。色白の童顔がすべすべしている道夫は、女より男が寄ってくると冗談を言うことがあったが、弥生は道夫の顔を上から覗き込むようにしながら、自然に好意を示す気になるらしかった。どこか危な気な青年らしさが気になるのか、弥生は若い道夫を真剣に見守るような目で見ていることがあった。

中華料理店の庭のテーブルで夕食をとった。弥生は前の年、亮一とインドネシアのバリ島の村の葬式を見にいった話を始めた。八十四歳の偉い僧侶の葬儀だった。

「遺体を火葬場へ運ぶ行列について歩いたのよ。ヒンズーだからタイとは違うの。葬式塔バデや水牛の大きな張りぼてが出来ていて、村人がそれをかついで練り歩くのよ。林のなかの草地につくと、そこで火葬が始まるんだけど、あたしたちそれをすぐそばで見ていたの。いちいち見ていて驚いたわ。遺体をわざわざお棺から出して、包んであった布をはぎ取ってしまうの。死んだお坊さんの、半分泥のついた顔がむきだしになってぎょっとしたわよ。それに屍臭がひどいんだから。どうしてあんなことするのかしらね。水牛にのせて焼くのは最上級カーストの人なのよ。結局、白い水牛と金色のバデに大きな炎があがって、バリバリと燃えてしまったわ。槍をかまえた男たちの踊りなんかもあった。あなたも見にいくといいわよ。ここと全然違うから。でも、大きなお葬式がいつあるか、それはここではちょっとわかんないわねえ」

夜は少し涼しくなり、弥生はビールを飲んで生き返ったようになりながら、いつになく饒舌に、若い道夫の相手をするのをやめなかった。

亮一は夏の休みにヨーロッパを歩きながら、バンコックを思い出すことがあった。会社勤めの弥生は長い休みがとれず、彼女の旅はいつもアジアになり、ヨーロッパは亮一ひとりで歩いた。空気感がまるで違う世界を歩きまわった。

北ヨーロッパは、夏でも太陽の影が長かった。熱帯アジアからヨーロッパへ入ると、長い影の国へ来たという思いになった。街から街へと歩きつづけるとき、いつしか日が傾いて、自分の足もとの影の長さに驚くことがあった。

ある夏、フランス・ブルターニュの古い街の坂道を下りながら、バンコックの炎暑の黄昏を思い出していた。大通りの排気ガスに落日がけむって、逆光のなかをおびただしい車が押し寄せてくる。ジグザグに逃げながらその道を渡り、汚ない小路へ入り込む。疲労困憊の体に、食べものの屋台の匂いと音が染みてくる。踊る中華鍋が噴きあげる煙が目に染みて痛い。

屋台のおばさんがつくってくれる一皿がうまかった。いっとき路傍の小椅子に坐りこんでいることにも満足をおぼえた。フランスでも、長い坂道を下った先に、馴染みになったマダムの店がある。太陽は低くなったが光はまだ強い。頭上には冷たく冴えた青空が残っている。長々と伸びる影を踏んで、亮一はマダムが出してくれる料理に向かって慕い寄るような足どりになっている。

北の国の長い斜光の時間がある。夕食を思ってじりじりと食欲が意識される時間でもある。子供のころの食欲は、もちろんもっとあわただしく、あっという間に夜が来た。母親の料理の匂いが立ちこめた。そのころの食欲はまっすぐいまにつながり、亮一は現在、国の内でも外でも家の外で食べている。どこでも子供のときのまま、人に食事を与えられるというふうに感じている。

ブルターニュのレストランのマダムは、斜光の時間が尽きかけるころ、にこやかに最初の一皿を運んでくる。マダムはひとりで店を切りまわし、サービスもほとんどひとりでやっている。店にはふんだんに花が飾ってあった。威勢よく伸びた百合やグラジオラスが、見あげるように大きく飾りたててあった。

格式張った店ではないので、亮一はバンコックのチャイナ・タウンで仕立てた半袖のサファリ・ジャケットを着たまま食べにいくことにしていた。仮り縫いもせず一日で仕立ててもらった服で、胸もとがきつかった。その仕立ての悪さは、街を歩くときより、食事のときに気になった。それでも、疲れたあとの食欲がうれしく、亮一は美人マダムに世話を焼かれながら、ひとりの夕食を進めていった。

マダムは肩を左右に振って、突進するように歩いた。カツカツと靴音をたてて調理場から出てくるとき、客席に向けてすばらしい笑顔を浮かべていた。一皿一皿を片手で捧げるように運びながら、ひとり陶然たる様子になることもあった。

だが、彼女はそのあと調理場へ戻ると、料理人たちに向かって何か怒鳴り始めた。理由のわからぬ舞台裏のいさかいが始まった。亮一の席からその様子が見えた。マダムは恐ろしく険のある顔になっていた。彼女の攻撃は次第に一方的になり、彼女の声ばかりがしつこく聞こえた。あげくに、マダムは激しい勢いで客席へ飛び出してきた。そのとたん、彼女の顔は満面の笑みに切替わった。鮮やかな仮面のような、もはや揺るぎのない笑顔になっていた。

亮一は食べつづけ、美人マダムの精力の激しさと直接向き合う思いでいた。が、同時に、自分はいま彼女の精力と意志の力に支えられているのかもしれない、と思った。店じゅうを埋めつくしている大きすぎる花々も、彼女の揺るぎのない派手な笑顔も、おそらく自分の食事を支えてくれているものだと感じられた。もしそうだとしたら、それは必ずしも厭うべきものにはならないはずだと思い直していた。

バンコックの屋台のおばさんの一皿料理も、ブルターニュのマダムのコース料理も、ともかく満足のいくものだった。亮一は、そんな時どきの満足に支えられてここまで生きてきたのだ、と旅先で思うことが多くなっていた。

引越しの準備にひと月かけて、両親の土地を離れるときが来た。トラックを送り出したあと、電車を乗り継ぎはるばる埼玉の新居へたどり着いた。トラックはとっくに着いて待っていた。

大学も引越しを終え、四月から新キャンパスで授業が始まった。亮一は草深いようなところへ自転車で通い始めた。広い郊野の空気の稀薄さに馴れていき、結婚した両親が住みついた土地の五十年近くも前の空気を思った。自転車を漕ぎながら、それがいまにつながってここにある、というふうに思った。

その年の暮れ、学期が終わってから、亮一は新居の先のもっと奥のほうまで弥生と一緒に行ってみた。埼玉県の西の奥処、秩父の谷間の温泉で一泊した。その年は外国へ出ずに、引越しの移動をもっと先までつづけるようなつもりで、小さな旅をすることになった。

温泉の宿では、鹿肉の刺身が出たので驚いた。静かな日本の旅先で驚くことがあるとも思っていなかった。バンコックで食べたグリーン・パパイヤのサラダの緑のトウガラシが強烈に辛くて、二人とも手を握りしめて耐えたことを弥生が話しだした。あれは衝撃的だったが、鹿肉の刺身のほうは、山国の不思議に出会う驚きだった。お膳にはほかに鯉の洗いと岩魚の塩焼きが並び、最後に大きな猪鍋が運ばれてきた。

弥生は同じ埼玉でも秩父を知らなかったから、一泊だけの小旅行が意外にもの珍しいものになったようだった。彼女はロープウェイで高いところへ登り、大きな神社で拝んだり、山道を駆け登ったり、ずっと下って荒川の源流で遊んだりした。秩父はいかにも起伏の激しい土地だった。

大河のデルタの国タイも、北の国境地帯は山国ふうになってくる。チェンマイから車が山地にかかると、弥生は身を乗り出すようにして山の眺めを追い始めた。山地は日本の山にどことなく似てきて、弥生は思いがけず山を駆けめぐりたい気持ちになるらしかった。海外で彼女が精力を抑えがたい様子を見せたのは、そのときがはじめてだった。亮一の旅から抜け出し、ひとり駆け出していきそうなものが感じられた。

亮一にとっても、起伏の激しい秩父の谷間へ入り込むのははじめてだった。日本の山の深みにあらためて誘い込まれるようだった。すでに歳末で、宿の泊まり客も少なくて、夜は静まり返っていた。

　母親の死の少し前から深まった弥生との関係も長いことになる。亮一はそのことを思い、死の長い余韻のなかでここまで来ているのを感じ、量の多い宿の料理を前にした弥生の食欲を見ていた。彼女は日ごろ食べないものを平気で食べていった。亮一は、いつしか三十代半ばになった女の盛りと向き合っていた。ひとまわり若い相手の精力は、谷間の宿の静けさに負けてはいなかった。

　弥生は食べつづけながら、ふと箸を止めて言った。

「最近は飛行機に乗ってばかりいたのに、この年末は違ったわね。飛行機に乗らずにこんなところに来ている。世界は賑やかなのに、ほんとに静かだわ」

「秩父の夜祭りが終わったあとだからね。あれは凄い騒ぎなんだろうけど、そのあとはぽっかり穴があいて、そこへやってきたんだから」

「それはそれでよかったのね。面白いわね。穴のなかを駆けまわって帰るっていうのもいいわね」

「今度はタイの山のほうへトレッキングに行こうか。あなたはますます元気になる。だから、そのくらいのことはしたほうがよさそうだね」

「でも、きょうも結構歩いたわよ。あなたと一緒だと歩かされちゃうのよ」

翌朝、宿を出て、荒川の谷を細い支流沿いに山のほうへ登ってみた。冬空が青々と晴れ渡っていた。ほどなく小さな寺を見つけ、二人は無人の庭園へ入り込んだ。杉林に囲まれた窪地のようなところに、密に植え込まれた小庭園の、浄土のような世界があった。立派な柚子(ゆず)の木が一本、鈴なりの黄金色の実をつけていた。朝の寒気がゆるみかけていた。

弥生はしばらく、香りを探ってその木を見あげていた。それから、「もうちょっと上まで行ってみる」と言い、小さな庭園を見捨てて、ひとりで川沿いに登っていった。

亮一はよく手の入った庭園の美しさに思わずとらわれていた。すぐには動く気になれなかった。これはたしかに日本の山奥の極楽浄土だと思った。死んだ母親がここまで来ていて、自分はそれを追ってきたのだという気もした。母親は生前に自身が生きることのなかった広大な郊野を、とぼとぼと歩いてやってきたのかもしれなかった。ここならその母親と会えそうだ。そんな思いに誘われかけた。

歩いてまわると、寺の建物は緑の庭の起伏のむこうに隠れがちになる。庭木と灌木の密な世界がほとんどすべてになる。寺が自然の緑に埋まってしまう。大きな建物がむきだしで、尖った屋根が天を突いているというのではない。つつましくうずくまった建物で、近づいても人の気配が感じられない。庭園も無人で、隅々まで手入れされた緑の小世界が寂としている。

その浄土庭園へ、弥生が横の道から戻ってきた。二人はそのまま山を下り、電車に乗って秩父の街へ出た。市街には歳末の人出があった。が、大きな神社の境内はひと気がなかった。弥生は山からおり立ったところだというもの珍しげな様子で街を見、神社を見ていた。拝礼もしたが、タイの寺ではないので、彼女はここではきれいな立ち姿を深く折って拝んだ。

　そのあと電車で熊谷へ出た。そこで山国の旅は終わったが、なおその先の平地を、弥生が住む街へ荒川の流れに沿って下った。駅で弥生と別れ、亮一は大まわりして西の引越し先へ帰ったが、埼玉一県でもずいぶん大きな移動になるものだとはじめて実感していた。

海の灯（ひ）

1

ちょうど三十分のあいだ、文学教師刈田良平は人びとの足もとの穴に落ちこんだようになっていた。電車の人混みのなかで意識を失い、そして目覚める。彼は五十歳の日常のなかでそれを好んでいる。が、いつも三十分を一刻のように思うわけではない。そんなに深く眠れることはさすがに珍しい。風邪をひきやすい良平の風邪がまた始まったのだ。電車をおりるとき、彼の四肢にはまだ闇がまつわりついている気配があった。

横浜駅前の広場へ出る。雨のなかにふとドブどろのにおいがする。海のにおいである。広場へ出るまで、良平の寝ぼけまなこは、ガラス張りの通路が明るすぎるのに眩惑されていた。広場の空いっぱいに、高速道路が高だかと組みあげられているのを見るのははじめてのような気がした。

この三十年の変化を知らないわけではない。むしろ、彼は充分変化に揉まれてきたように思っている。が、その日はじめてのホテルを探そうとして、邪魔になる高速道路の支柱を避けて、不自然な姿勢であたりを見まわさなければならなかった。激しい雨が落ちてくる空のほうまで見あげて、ようやくホテルのネオン・サインを見つけた。彼はとつぜん走りだし、そこへ飛び込んだ。

ホテルは、飛び込んだのを後悔するほどのしろものだった。彼の三十年の記憶のどこにもないのに、いかにも古くさかった。狭苦しい濡れたエントランスも、汚れたエレベーターも、さっき嗅いだかすかなドブどろのにおいと結びついた。簡単にひとつながりのものになった。

三十年ほど前の広場は、のしかかるような高速道路などなくて、ただ平たい眺めががらんとしていた。店はシュウマイ屋が一軒、その二階が食堂で、二十三くらいの刈田青年がたまに腰を据えることがあった。市電が走っているだけの広場が暮れていくのを、若い刈田良平はただぼんやりと眺めていた。

横浜へ来るたびアジアということばが浮かんで、なるほど港だと思ったりしていたのだ。三十年前も、必ず三十分眠ったあとだった。東京からの車中は穴のなかに埋めこまれていた。闇からよみがえった若い頭に、海と人群れのにおいが呼び起こすひとつのことばがあったのである。

今や五十になった刈田良平は、同じ横浜駅が雨ともやに包まれているのを見おろす安ホテルの十一階の小部屋に荷物をおろした。さっき広場を走り抜けたとき、梅雨のさなかの湿気が息苦しいほどだった。新デザインの石畳を、雨がビシビシ叩いていた。同じ激しさで海も叩かれ、ドブどろのにおいをあげていた。良平の鼻は、スコールのマニラの街を走るときのように反応した。彼はいま十一階の窓ガラスに近々と顔を寄せ、体内の風邪の進み具合をはかるようにじっとしていた。三十分意識を失っていたあと、熱っぽい頭をもたげて、バンコックでもジャカルタでもマニラでも、どこにあってもよさそうな安宿にいるのが妙な気分だった。遠く運ばれてきたものだという気がした。

最近死んだという噂を聞いて驚いた槇(まき)あかりのことが、また心に引っかかってきた。あかりの「マレー服」が、良平を苦しめはじめた。昔あかりが着ることのあったマレーシアのバティックが、今なお刺すような記憶として生きているのだ。バティックはあかりが好んで着たわけではなかった。東南アジアから帰った木島壮一が、無理強いに着せたものだった。

女の細身をぴったり包んで曲線を浮かびあがらせる薄地の上下である。くるぶしまでのスカートの前が割れていて、サンダルをはいた足先で裾を蹴るようにして歩く。その原色のはげしさだけをとっても、日本の都会向きにできているとは言えない。

ところが、あかりの胴の長さを生かすにはそんな熱帯の服にかぎる、というのが木島壮一の考えであった。東洋の女の胴体の美しさは、原色の長衣をまとい、のんびりとサンダルを引きずってこそ生きてくる。木島はそう主張したが、実際にあかりが東京で木島の主張どおり胴体の美を発揮するには苦労が多すぎた。

そのころ、刈田良平は教師などではなかった。まだ三十で、商社づとめの木島壮一と仕事の話題も共通していた。良平は三年間のバンコック駐在から帰った木島壮一と飲み歩いた。夏になり、木島はほんとうにマレーシアのバティックを着たあかりを連れてきた。

あかりは見るからに自信なげだった。当然のことだ。彼女にしてみれば、夜の酒場の勤め人たちの背広のあいだへ薄い寝巻で入り込んだようなものだったろう。サンダルを引きずるのが、安キャバレーのホステスの真似をしているようでもあっただろう。

商社の取引先に頼んで木島が作らせた「マレー服」は二着あった。あかりが夜の酒場へ着てきたのは、上下ともこまかい蝶の模様に埋めつくされていた。全体にあざやかな黄緑色で、青やオレンジのアクセントがきいていた。熱帯に燃えさかる黄緑色の世界を蝶が乱舞している服だった。

あかりのバティック姿を見たのは、都心の夜の酒場だけではない。昼間、自由が丘のような住宅地の町へ、木島と出てきたことがあった。その日は大きな花の模様の青い服で、黄や赤や茶のまざり方が独特だった。真夏の日が西へまわって、はげしく照りつけていた。あかりはそのとき、たしかに青いバティックが似合っていた。真面目なあかりもすでに馴れて、いくぶん捨て鉢にふるまえるようになっていたのだろう。ぎこちなさが目立たなかった。けだるい夏休み気分に満ちた住宅地の町の、不断着の人びとのあいだで、あかりは木島の望みに沿うことをともかくも納得しているように見えた。

良平は彼女が歩くうしろ姿を見るために工夫をした。木島とふたり、先へ行かせて、煙草を買ったりしながら眺めた。

当時まだしきりにのんでいた煙草の煙のなかから、ある晩良平はあらためて木島のアイデアをほめるようなことを言った。酔ってそれを言うとき、心のなかにあかりという名前がちょうどぼんぼりの形に浮かび、それがまた青いマレー服のうしろ姿と重なった。木島の言う東洋の女の胴体の美が、ぼんぼりのように明るんだ。熱帯の青を澄んだ薄い色に透きとおらせるぼんぼりだった。

だが、そのときの木島の反応は思いがけなかった。彼は露骨に興醒めの表情を見せたのだ。木島の変化が速すぎて良平はついていけなかった。木島はいつもの強引さを抜きとられたような生気のない顔で良平を見た。

「帰ってからまだ半年なのにね、変にうっとうしくなってしまった」と、急に真面目に訴えだした。「こんなはずじゃなかったんだがな。喜んで帰ってきた反動なのかな。どうしてこんなに何から何まで厄介なんだろう。彼女もまた、どうしてああ面倒くさい日本人なんだろう。最近まずいんだよ。どうもいじめてしまいそうだ。全然噛みあっていないのは確かだよ」

「そうなのか。でも、急にいらいらしはじめて、変だ。君はもうちょっと機嫌がよかったのに。彼女をあんまり引っぱりまわしすぎるよ。むちゃだよ」

「わかっているけど、我慢できない。会社でもいちいち引っかかって腹をたてるようになった。日本ではすべてが本末顚倒で、どうでもいいことばかりが八幡の藪知らずのようになっている。まるで迷路だな。だからみんなノイローゼだ。強引かもしれないが、息がつまるから仕方がないんだ」

そう言う木島壮一自身、変に過敏で、落着きがなかった。熱帯焼けがまださめきらない彼の体に憤りが揺らめき、ほの暗いようだった。三十を過ぎた男の最初の厭人癖のようなものが、筋を立てた眉間に薄黒く浮かんでいた。あとから思えば、それは彼の人を厭う気持ちの、あるいは日本をあとに姿をくらましてしまおうとする情熱の、最初のあらわれだった。

槙あかりはいかにも不器用に振りまわされた。どうしたらいいかわからなくなっていた。刈田良平とふたりで会うことが増えた。あかりはある晩、割烹店のきれいな障子に手を突いて穴をあけるような酔い方をした。障子の破れ目から、隣りの小部屋の明りをその一点に集めたような、あかりより若い女客のすべすべした頰があらわれた。廊下を歩いて帰りながら、あかりのみじめさはまる出しになっていった。

じつはその日、すでに昼間のうちに、あかりは打撃をうけていたのだ。木島壮一が会社をやめる決心をしていたことを彼女は知らなかった。木島からは何も知らされていなかった。同僚の江森友子が、木島の会社へ仕事で行って、そのことを聞いてきた。あかりと友子は仲がよかったが、あかりの打撃は大きくなった。

刈田良平も一向に知らずにいた。しばらく木島に会っていなかったのだ。やがて木島はほんとうに会社をやめ、単身東南アジアへ戻った。その後一、二年、ひんぱんに日本とのあいだを往復していた。再び黒くなっていく顔にけわしいような表情を浮かべて、良平に対してはどことなくうわの空になった。熱中している商売のことも話さなくなっていた。あかりは木島が日本へ来ても、もう会おうとしなかった。

江森友子は槇あかりの親しい妹分だった。あかりが良平と会うとき、友子がついてくることがあった。二人の勤め先はある経済団体で、あかりは英文作成や翻訳の仕事が長く、友子は秘書のような仕事だった。きゃしゃで腰高の友子が、はやりのミニ・スカートをはいて、鶴が跳ぶような歩き方であらわれると、いつものあかりに違う光があたるようにも見えた。

友子はわざとあかりの蔭にかくれるようにふるまった。いつも色あざやかな派手な身なりで、すっかり地味な姿に戻ったあかりのうしろに控えていた。

木島壮一がマレーシアのバティックを着せてあかりの中から引っぱり出そうとしたものは、また見えなくなっていった。良平が木島の眼をとおして見ていたのとは違うあかりが残った。それは木島と深くなってもそんな事実に抵抗する何か頑なあかりで、熟してやわらかくなるのを恐れる、ほの暗いような真面目さが感じられた。

それはまた、英語をつかう仕事で力を発揮するあかりでもあった。江森友子がわざと引きたて役のようにふるまってその面を見せてくれた。だが、あかりはいくら英語をつかっても、内弁慶のまま不器用だった。あまり外を見る気がなかった。木島のほうは、彼女にバティックを着せて遠い南の海のほうを見ていたのだ。半分海のむこうを見ていらだちながら、あかりの中から無理やり引っぱり出そうとするものがあったのだ。

　友子は勤め先でのことなど教えてくれた。あかりを大事にしてくれる部長がいること、あかりは有能なのに目立ちたがらず、後輩に慕われること、あかりがいると女性たちの空気がなんとなく安定すること、それでもある種の女性とはうまくいかないこと、等々。

　たしかに、それは木島が見捨てていった狭苦しい場所にちがいなかった。あかりは木島がいなくなると、もう無理をさせられることなく、その場所へ戻っていた。

　友子はあかりのことばかり話して、自分を隠すようにしつづけた。

「一緒に仕事をしても、なんとなく気持ちが休まるのよ。女が女をいいなあって思えるのよ。あかりさんって落着いているでしょう?」

「そうかな。気持ちのやさしい人だけど、そんなに頼られるほうかな」

「何でも受けとめてもらえると思って、安心できるのよ。あたしなんか頼りっきり」

「あまり波風がたたない職場で、彼女は大事にされているね。まるで箱入娘だね」

「そうねえ。女同士でも大事にしているって感じかな。あかりさんはあたしたちよりも利口でおっとりした長女ね」

　だが良平は、あかりが友子に対していつもいい気持ちでいるとは限らないことを知っていた。木島とのあいだがおかしくなってからは特にそうだった。友子の前であかりが動揺を見せたことがないとは信じがたかった。

　友子はその後、あかりの受けたもう一つの打撃について話してくれた。あかりを可愛がっていた部長が、大学教授のポストを得て職場を去ることになったのだった。友子は良平の顔を見るようにしてあかりの落胆ぶりを伝えた。

「無理もないの。部長はあかりさんには特別だったんですもの。あたしたちとは別扱いだったのよ。はじめから信用して、何でもまかせて、あかりさんがまた、とってもよくついていくのね。まわりはちょっと困っちゃうような関係」

「なるほどね。あなたの話はいつもいいことずくめのようだけれど、彼女の性質が問題になることもあったわけだな」

「そんなつもりで言ったんじゃないわ。そうじゃなくて、うらやましいような関係。これまであかりさんの能力を部長がうまく引き出してきて、だからほんとに理想的な関係だったわけ。そんなふうにやれるのは、やっぱりあかりさんだけなのよ。あの人以外は無理よ」

　良平は友子の言うことをどこまで信じていいかわからなかった。どこかに偽りがあるようでもあり、頭が働きすぎているらしくもあり、また上滑りしていながら良平をうかがうようなものも感じられて落着けなかった。良平とあかりが近づいたことを知っていながら、おくびにも出すまいとするような調子を、良平のほうから壊しにかかることもできなかった。

　あかりとのつきあいは一年ほどで終わった。友子とはその後もしばらく会っていた。

木島壮一が日本を去って五、六年したころ、良平はたまたまバンコックへ行き、木島と再会した。木島は日本へ来ることも稀になっていたのだ。タイ南部の、マレーシア国境に近いソンクラという漁港の町に彼の家はあった。良平はそこまで行く暇がなく、木島がバンコックへ出てきた。

良平が泊まっていた安ホテルへ、相変わらず仏頂づらの木島がずんずん入ってきた。薄暗いロビーはごった返していた。インド系の男たちが群れ歩き、長衣のアラブ人の一団がソファにずらりと身を投げ出していた。日本人はいなかった。

ロビーより一段と暗いコーヒー・ショップで、二人はタイ・ビールを飲んだ。女を求めて出ていく男や、女を連れて帰ってくる男の動きが絶えなかった。それがガラス戸越しに見えていた。エレベーター前でがんばっているボーイが、連れこみ料をとろうと客を呼びとめたり、帳面に何か書きこむふりをしたりすることが、きりもなくくり返されていた。

そんなざわめきを背に、木島の顔はむしろおだやかだった。彼はあきらかに、この国で身につけた辛抱強さを良平にわからせようと努めていた。

「日本みたいに何から何まで面倒な国に俺がいることはない。そんな結論みたいなものは、わりとはっきり出てしまったからね」

と木島は言った。四、五年前のことを、あらためてそう説明した。その調子のなかには、どことなく教訓的なものが含まれていた。日本人には東南アジアのことでは教育的に語らずにいられないというものが出てきた。

　テレビの画面がチラチラする汚れた薄暗がりでビールを飲み、汗を拭き、談笑しながら、木島は良平が東南アジアをおろそかに見るのではないかと見張っているらしくもあった。彼は商売上日本へ行かなければならない時も、人にまかせて自分は行かないようになってしまったと言った。

「横着になったもんだ。俺には日本じゃなくていいってことばかり、はっきりしてしまうんだからな。少なくともこれまでのところ、そうだよ。でも、俺にはまだ依然としてタイの女ができていないのさ。そんなこと、だれも信じやしない。俺は御覧のような国で独身をとおすという難事をやってのけている。そういうところは、いつでも日本とよりを戻す気でいる証拠だと思われているんじゃないか、たぶん」

　別の晩、歓楽街パッポンのステーキ屋の二階で、二人はまたビールを飲みつづけた。肉のあぶらと煙が店内にしみつき、どこもかしこもくすんでべとついていた。女遊びの客は入らない店だった。窓の下の道で客引きが奇声をあげ、軒並み戸口から娘らが幼い顔をのぞかせ、客の群れが絶えなかった。ステーキ屋は、パッポンが近年そんなふうになっても、古くさいまま生き残っていた。

　再会後二、三日たち、良平にも木島の現在が見えてきていた。こちらの暮らしでしみついた疲労の隈のようなものが見えた。東京で鬱病のようになるのとは違う疲れがうかがわれた。体がはげしく消耗しつづける暑熱の地で、木島の厭人癖がなお育ちつつあることもわかった。良平は、木島が再会を喜びながらも、どこか辛抱もしているのを感じた。良平自身、すでに三十五、六になり、似た気むずかしさを自分にも見出して、つらい気がした。

木島はステーキ屋の黄色い明りに額の汗を光らせながら、次々にタイへ出てくる日本資本の話をしていた。が、ふと話を変え、気むずかしさを乗り越えるようにして、槇あかりのことを言いだした。

「じつは君が来るって聞いたとき、ひょっとすると彼女を連れてくるんじゃないかと思ったんだ」

「え？　バンコックへ？　まさか」

「でも、まだ続いているんじゃないのか」

「なるほど、君はそう思っていたんだな」

「いや、君が来るのを聞いたとき、まだってこともあるんじゃないかと、ふと思ったのさ」

「もう何年も会っていないよ。僕は仕事が変わったし、噂も聞かなくなってしまった」

「もう何年もか。そんなに年がたったのか」

「そういえば、君と彼女の話をしたことはほとんどなかったね。特に避けていたわけでもないのに」

「俺は避けていたよ。だからいまでも気になっている」

「彼女のことはもう何も知らないんだ。女と別れると、消息がぷっつり切れて、無になってしまう。闇のようなものが残る。あかりなんて名前だったけど、もう何ひとつ見えやしない」

「妙な名前をつけたもんだな。俺もどうかすると名前に引っかかって思い出すのさ。まあ、男だって、無になってしまうやつはいるだろう。闇とか何とかじゃない。ただきれいさっぱりいなくなるんだな。俺もいずれ無になるかもしれない、ハハハ」

それから十五年になる。職場の、あるいは日本の社会の箱入娘であった槇あかりは、何人かの男と不器用にかかわり、ひとりで死んだ。鬱々たる彼女の闇にみずから呑みこまれるように消えていった。

刈田良平はホテルの十一階の窓辺で、またもや仮死の穴へ落ち込みかけていた。睡魔が戻ってきたのだ。喉が焼けるように痛む風邪である。横浜の夜景が火事場みたいに明るい。それでいてびっしょり濡れている。明日のためにウェイク・アップ・コールの時刻ボタンを押して、すぐにでも寝てしまおうという気が起こる。

夜空にたちこめる暑いもやが、バンコックへつながっている。あるいは、現在が十五年前と接している。木島壮一の嫌厭の情がそこに見える。いまやそれが五十歳の刈田良平自身のものにもなっている。

ソンクラの住所へ出した手紙が返ってくるようになって以来、良平は木島の行方を追うことはしていない。その後タイへも行っていない。木島が消息を絶ったのは、ついにタイ女性を妻にしたということだろうかと思いながら、彼の商売と関係がある元の勤め先へ問いあわせることもしないできた。

2

半年前にも刈田良平は横浜へ来ていた。急死した知人のお通夜のためだった。彼は勤め先の大学で黒いネクタイに替え、電車を四つ乗り継いで、一時間半かかって故人の家へおりる駅へたどりついた。

その一時間半のあいだ、刈田良平は文学教師の仕事をつづけていた。人混みのなかで人が絶対に興味をもたないものを読むのが仕事で、彼はいつも何かしら読んでいた。その日は創作コースの学生の卒業制作の小説を読みつづけた。少しも眠らなかった。小説が佳境に入ると時を忘れることができた。暮れ方の電車でどこまでも運ばれる移動の感覚だけになっていた。それがなくなったとき、彼は駅へおりながら小説の外へ浮かび出ていた。

うまい小説ではなかった。が、ひとりの娘の心の混乱を語る不自由な文章に、人を誘い込むものがあった。主人公の女子学生がひとりで英国旅行をするくだりがおもしろかった。彼女はリヴァプールからマン島へ渡るつもりで、船を間違えて北アイルランドのベルファストへ行ってしまう。そもそも、旅のはじめから、彼女はさしずめ「三歳の子供」だった。無知と無能がさらけ出されていた。そんな状態が、馴染めないベルファストの街を前に極点に達する。英語は一段と理解不能になり、北アイルランドの知識はゼロで、彼女はパニックに陥る。

良平は職業柄、人が興味をもたないような昔の作家のものを思い出していた。水上瀧太郎に「ベルファストの一日」という短篇小説があった。第一次大戦中の話である。数え年二十六歳の日本人青年がグラスゴーからベルファストへ渡る。ドイツの潜航艇の襲撃を恐れて、船は灯を消している。ベルファストでは入国届を出しに警察へ行かなければならない。

卒業制作の女子学生と水上瀧太郎自身のような青年とは、いくらも歳が違わない。青年も別にベルファストに用があったわけではない。ロンドンから足を伸ばしたのも同じだ。ただ、青年はベルファストでもてきぱき動き、日本人を見る人びとの好奇の目をはね返すように面をあげている。彼はベルファストの街に退屈する。奇妙に親しみを見せるびっこの老人がいて、やがてその老人と馬車で郊外へ出かけることになる。

パニックに陥った女子学生が頼ったのは、船が同じだった二人のドイツ人青年であった。ドイツの潜航艇を恐れる必要はもちろんない。青年たちは知的で親切で、英語もわかりやすかったので、彼女はダブリンへ向かう彼らについて行く。が、アイルランドの灰色の空と広漠たる湿地帯の眺めに不安をつのらせる彼女は、結局青年たちの「お荷物」になってしまうのである。

生物学専攻の青年が、英国とアイルランドの歴史を話してくれる。「英国がアイルランドにしたことは、君の国が朝鮮にしたことと同じだよ」と彼は言う。雨のダブリンで、三人はベッドが三つある細長い部屋に泊まる。彼女は傾いたベッドの上で夢を見る。生物学専攻の青年が日本へやってきて、アイルランドへ鳥を見にいこうと誘う。アイルランドはなぜか戦争の最中である。彼女は恐れをなして夢中で断わる。青年にジンジャー・クッキーを山ほど持たせると（昼間、列車のなかで青年がジンジャー・クッキーを三つに割って一つくれたのである）、彼女は青年の乗った船を見送る。さめざめと泣きながら、ごめんなさい、ごめんなさいと叫んでいる。

彼女は実際に涙に濡れて目を覚ます。青年たちの寝息をうかがううち、天井まで四メートルはある大きな壁に絵がかいてあるのを見つける。すっかり色のあせた古い絵である。それは夢のなかを荒々しく駆けているような、一頭の壮（さか）んな馬の絵である。……

文学教師刈田良平は、みずから女子学生の退行心理の闇をくぐって浮かびあがるように電車からおりた。はるばる運ばれてきたものだとも思った。日ごろよく知っている突っぱり型の女子学生の姿は特に浮かばなかった。彼女の心の感触のようなものばかりが残った。

その感触から、むしろ別の人間が思い浮かんだ。別の人間というより、それは良平が過去に知ったひと連なりの人びとといってもよかった。じつに少なからぬ人たちから、同じように未熟で危険な、幼児の肌のような心の感触を与えられてきたことを思ったのだ。

槇あかりが死んだと聞かされたばかりだった。あかり同様ずっと消息が絶えていた江森友子が、突然大学へ電話をよこした。思いがけなかった。友子は少し前のこととして、あかりの死の事実にあっさり触れた。

教師になり、つきあいが変わってしまってから、あかりのことを聞かされる相手はたしかに江森友子しかいなかった。友子はいたずらのように唐突に、用事があるわけでもない短い電話を投げ入れてきて、切る前に、あかりさんが死んだわね、知っていたでしょう、と言ったのである。

良平は郊外の駅で横浜の地図を確かめ、故人の家へ向かって歩きだした。駅前の高層アパートの群れを抜けると、昔ながらの住宅地が暗かった。道が狭く、車もなく、古びた家々から漏れる明りが弱くて、いまどきなつかしいような陰気さがあった。低い軒の向こうに根岸の高台が黒く望まれた。わずかに暮れのこる空に地上の闇が盛りあがっているようだった。

良平の目にはそれが、槇あかりの残した闇のように見えてきた。彼は槇あかりが姿を消したあとの闇に向かって歩いている気になった。かつてバンコックで、木島壮一を前にして、良平はあかりが闇を残していったと思わずにいられなかった。それが十五年ほどしていよいよ濃く、染みついたように行手にあった。

女子学生の心の感触は消えていなかった。これはほとんどあかりの記憶だ、とはっきり思って良平は驚いた。あのころ、時にあかりの心にじかに触れると、意外な経験に驚き、戸惑わずにはいられなかった。一見思慮深げな、おだやかな微笑の蔭から、性悪な幼児の顔がむき出しになることがあったのだ。木島壮一はそういうあかりをいじめた。刈田良平自身、やはり同じことをした。無垢なものの頑なさを、どうあしらえばいいかわからなくなった。

木島ははじめ、あかりとの結婚を考えていた。が、それを考えるのと、彼女が手に負えないと感じはじめるのとはほとんど同時だったといっていい。あかりは木島の求婚の意思を知って喜びながら、奇妙に自分のなかへ引きこもり、ぎこちなくなった。木島はあかりが性的におかしくなったと感じていた。実際のところ、あかりは単に決断ができなかったのにすぎない。おそらく理由は何もなかった。あかりはあるときは結婚に何の問題もないと思っていたし、またあるときは問題を見つけだして結婚から逃げようとした。

良平は、女子学生の小説に書かれた退行心理のはげしい動きにあらためて揺さぶられる思いで、槇あかりの性悪な幼児の顔をたぐり寄せるようにした。その顔は遠い過去からやってくるのに、いまなお刺激的で、なまなましかった。

もしあかりが、女子学生のように未知の世界へまぎれ込んでいたらどうだっただろう。やはり「三歳の子供」を自認することになっただろうか。自分が「お荷物」になるほかない悪夢を語っただろうか。さいわい、あかりは死ぬまで日本にいて、その必要がなかった。

内弁慶なあかりが木島壮一の強引さと折り合えなかったことについては、のちにあかり自身、一種の虚脱感のなかで自責の気持ちをいだいたようだった。あとから思えば、あかりには自分を責めて鬱々とするところができていたのだ。

「あたしはきれいに捨てられちゃったのよ。しょうがないわね。ほんとにだめな性格なんだから」

と、無欲そうな調子で自嘲してみせた。

「そうかな。どっちが捨てたんだかわかりやしない。それがあなたの言い方なんだな」

「疑問の余地なんかないのよ。きれいなもんよ。あの人のやり方ってそうなの」

「はじめは木島がてっきりタイ美人を連れて帰ってきたのかと思ったんだよ。それがまた、あかりなんて名の日本の女で」

「どうせ日本の女ですよ。あなたたちはすぐそんなことを言うのね。変な共通点ね」

「僕は二人がいつの間にくっついたのか不思議だったんだ。木島の熱帯焼けがまだちっともさめていなかったからね。あんまり早すぎた。あなたはタイからついてきた人みたいだった」

「どうせあたしはタイから来て、日本に置き去りにされた女で、だから面倒くさいのよ。そう思いたいんでしょ？　あの人とおんなじね」

たしかに良平は、結局のところ木島と同じように、あかりを振りまわし、苦しめることになった。木島が勝手にバンコックへ去ったとき、あかりは決断ができない状態からはっきりと救われたはずだった。刈田良平さえそこにいなければ、あかりの苦しみは自然に終わっていたにちがいなかった。

ふだん、あかりの温和な表情の底には、幼児性の灯がともっていた。機嫌がよかった。内気なおどけ屋でもあった。ところが、一転して明りが乱暴に吹き消されるように、陰気な暗さが広がることがあった。

良平の目には、おそろしく陰気な、まっ黒な闇が彼女を染めてしまうように見えた。ちょうどたき火が消えたあと、湿った地面から立ち昇るような闇だった。良平は腹をたてた。彼女の闇が自分の体にもべったりしみつくように感じられた。そのまま地の底へ引きずりこまれそうな、耐えがたい気分だった。

「ああ、何て暗いんだ、あなたは。何がそんなに悲しいんだ。わけがわからない」

良平は自分が奇妙に動揺するのを抑えきれずにあかりをなじった。日ごろ自責しがちなあかりを責めていた。木島とは違い、良平はむしろ受け身で、辛抱強くあかりを支えてやれるはずだったのに、木島と同様我慢ができなくなっていた。

たしかにあかりのそれは子供の絶望だった。そのくせ、顔は子供じみるどころか、むしろ分別くさくなった。心をしっかり閉ざした冷たい顔だった。これほど顔色が悪かったかと思うような、疲れた三十女の顔だった。しかも彼女の少なからぬ性の経験はどこかへ切り離されて、そんなものとは何の関係もなく、すさんだような悲しみだけが残っているのだった。

根岸の丘のふもとの暗がりには、古い暮らしのにおいがあった。曲がりながら行く小路がどこへ出るのかわからなかったが、不安はなかった。ただ、槇あかりが残した闇を歩くような気持ちが続いていた。吐く息が白いのに、蒸し暑い熱帯雨林の暗鬱な木下闇が見えるような気もした。においは日本の暮らしのものでも、繁茂する熱帯の森が感じられてきた。そこにあかりの顔が、憂鬱に染められ、薄黒く憔悴して浮かびかかった。彼女が行ったこともない森に住む原住民のような顔だった。

古びた家々の先に、案内の提灯を持つ男があらわれた。そこを曲がると、また古い家の暗い蔭に入った。板塀のむこうから人々の気配と灯火が漏れてきた。

直接庭へ入り、焼香のあと、良平は和風の庭を埋めた弔問客のなかに何人か知りあいを見つけて話をした。以前良平がよく横浜へ来ていたころの知人たちだった。家のなかの祭壇わきで、女のヴァイオリニストがバッハを弾きつづけていた。畳の上に仁王立ちになって、激しく弾いていた。故人もまたヴァイオリンを弾いた。市の高級役人としての生涯であった。たしかにその種の人が住むのにふさわしい、古い質素な日本の家だった。夜の空に夏みかんが実っていた。

死んだあかりを思うと、熱帯雨林の暗がりを奥へ奥へと逃げていく原住民のような姿が見えてくる。東京の経済団体で有能な働き手だったあかりが、奇妙にもそんな姿で良平の心を占めにかかる。

土の上に出してあるテーブルに酒のさかながのっていた。良平は焼香のとき脱いだコートとマフラーを左腕にかかえて冷酒を飲んだ。熱帯の森のあかりが消えると、冷酒をくみかわす人びとがいた。あかりの残した闇のなかから、ところどころ裸電球に照らされた冷たい日本の庭が浮かび出ていた。土が濡れていて滑りやすかった。

あかりの死場所は、熱帯の原住民の森ではなかった。この横浜の先、東京湾の岸が尽きるあたりの海であった。磯づたいに海へ入ったあかりに、次々に東京湾へ出入りする船が見えたことだろう。死ぬときになってあかりは、そんな近場の海まで出ていった。はるかな南方の海ではなく、ほんのそこまでひとりでさまよい出たのだった。

良平は、木島が着せたマレーシアのバティックが、海のなかに広がるさまを思ってみる。大きな蘭の模様の青い服が、水中花のようにひらき、やがて水面になびいて波にのるさまを思い描く。何といってもあかりは、いやいやバティックを着たあのころが美しかった。馴れないバティック姿をぼんぼりのように明るませる、あかりの最後の若さがあった。良平は声に出して言うようにはっきりそう思った。

冬の夜空に輝く月の光を額に感じた。冷えてきていた。ひとりで帰るつもりになり、コートを着ようとすると、マフラーがなかった。良平は人びとの足もとの土の上を見てまわった。夏みかんの木のほうへ行くと人の脚が少なくなった。土もあまり踏み固められていなかった。

絹のマフラーはテーブルの上にあった。だれかがきれいに畳んで、のせておいてくれていた。泥に汚れてもいなかった。

3

横浜駅前の安ホテルで一夜を明かした刈田良平は、猛烈なウェイク・アップ・コールのベルの音に飛び起きた。七時半、夜来の雨はやんでいない。風邪の熱も喉の痛みも消えてはいない。ビルの群れが蒸し風呂につかったように霞んでいる。駅から電車が動きだす。私鉄だけでも三線ある五、六種類の電車が、絶え間なく駅へ出入りしている。

目が覚めるとすぐその動きにさらされた良平は、一種の動揺を感じた。しばらく窓の外をにらんでいた。たまたま、三つの路線の違う色の電車が、それぞれ違う高さを、同じ方向へのろのろと動きだした。きのう横浜へ来るまでの電車の移動は長かったが、その移動感がまだ続いている気がした。実際、それが五十歳になった刈田良平の生活だった。目まぐるしい移動に身をまかせつづけるのが、決して人より忙しいわけではない彼の生活なのだった。

街が工場のように動いていた。雨期の熱帯を思わせる湿気にひたされながら、横浜駅を中心にした街は、たしかに巨大規模の最新工場だった。良平は洗面をすませてその工場のただなかへおりていった。地下街の白けた明りの下で簡単にトーストを食べた。

その朝の彼の移動は短いはずだった。電車で戸塚駅まで行き、タクシーの列に並んだ。訪ねて行く先はある中学校で、駅からの距離はよくわからなかった。その中学の三時間目の授業に間にあうように行く必要があった。

タクシーは新開の丘の住宅地へ登っていった。あたりの丘はどこまでも住宅で埋められているらしかった。その広大な新開地域のどこへ運ばれるのかわからなかった。

思いのほか早く、坂道を登りつめたタクシーが大きくまわり、中学校の門があらわれた。良平は雨のなかへおりた。ひと気のない玄関で来客用のスリッパを探した。中学校や高校へ来るとき、いつもすることとだった。

目の前に伸びている階段代わりの板張りスロープを登っていった。明るい校長室で話をした。良平の大学の女子学生が顔を出した。教育実習中の彼女の研究授業を参観するのがきょうの良平の仕事だった。

学校の位置が高いので教室が明るかった。小柄な女子学生は思ったより晴れやかに子供たちの前に立った。まだ家に残してあった自分の子供時代を持ってきて、生徒に見せているといった親しさがあった。「国語」だが、「におい」についての科学者の文章を読んでいた。最後列に車椅子の男の子がいた。その隣りの少年は腰まわりが良平の倍もありそうな肥満児だった。良平はその二人の背後の椅子に掛けていた。横には校長先生がいた。担任の中川先生はドアに近いところに立っていた。

教室へ来る前、中川先生は、暮らしのなかの「におい」について生徒に報告させたかったが、時間がとれなかったと言っていた。

授業が終わりかけたころ、女子学生の話のあいだへ中川先生が何かことばをはさんだ。彼は大声で、たぶん「あれを」と言った。女子学生は「あ！」と言い、忘れていたものを教卓の下から出した。それはバラの花を乾燥させた「ポプリ」だった。暮らしのにおいの説明のために、彼女はそんなものを用意していた。

中川先生が自分の車で戸塚駅まで送ってくれた。呼んでもタクシーは来ないし、次の時限の授業はないからと言って、良平を車に押し込んだ。

「生徒がずいぶん減ってきています。いまに養老院になるんじゃないか、なんて言っているんです」

中川先生は雨の道を運転しながら話した。良平の頭のなかに、新築の明るい中学校の像と、清潔そうな養老院の像とが二つ並んで、あとからそれらを板張りのスロープが結びつけた。中学生が皆いなくなったあと、代わりに老人たちの車椅子があのよく光るスロープを昇り降りすることになるというわけだ、と思った。

「特に女子が少ない。私のクラスは三分の一しかいません。このへんは私学へやる家が多いもんですから」

「車椅子の子は発言しませんでしたね」

「ああ、あの子に当てればよかった。筋ジストロフィーなんですが、いまはともかく学校に来られるのです。お母さんが二時間おきに来てくれています。トイレのためです」

「それは大変なことだ。すごいことだ」

「ええ、大変です。二時間おきに学校へ来るんですから、先生代わりのことをしてくれるようになります。校外学習で泊まったりするときは特にそうなります」

「今回の授業の前に校外学習があったんでしたね」

「ええ、教育実習生も参加してくれました。それですっかり生徒に馴染んで、きょうはうまくいったんです。彼女はよくやったと思います。あのくらいやれれば立派ですよ」

「たしかに、いいものが出たようですね」

「出ました。あれなら適性充分です。きょうはよかったです」

良平が駅裏の工事中の水たまりのそばへおりると、中川先生の車はまた丘へ登っていった
良平は上りの房総方面行きの電車に乗ってから考えた。絶えず長時間の移動をくり返すことになるこの首都圏全体が、おそろしく大きな一つの工場だとすると、いま見てきた中学校も巨大工場の隅の小部屋のようなものかもしれない。だが、自分はあそこへ行って少し気分がよくなった。もともと職人仕事の世界が好きだから、授業に手間をかけている中川先生も女子学生もいい感じに受けとれた。それればかりではない。あそこにはわが子の命を支える母親の気の遠くなるような仕事がある。

どこかへ押しやられていた風邪の苦しさが戻ってきていた。例によって刈田良平は眠った。東京駅へ着くまで、みごとに消されたようになっていた。

神田の古本屋に用があった。東京は良平の厭人癖を回復させてくれた。どこもかしこもびしょ濡れだった。古本屋の店先で用談をしたあと、店の主人と近くのビア・レストランへ行った。昼飯どきが過ぎて閑散としていた。良平はその少ない客のなかに知りあいの小説家と編集者を見つけた。

「どうしてますか。ちっとも顔を見ない」

小説家のほうが愛想よく口をきった。

「このごろは東京に縁があるようなないような暮らしなもんでね」

「相変わらず単身者の生活？」

「それは一向に変わってないですよ。でも、ほんとにだれにも会わなくなった」

「君の単身者小説もずいぶん読まないしね、最近はみんなどこにいるんだろうという感じだ。ともかく僕は姿はくらまさないようにしているよ」

「この東京で、嫌厭の情が強くなりすぎるといけないんだな。たぶん姿が消えてしまう。逃げ隠れしなくてもね。そういう世の中なんでしょう」

「君、もっと腹をたてなさいよ。ただの嫌厭は煙を嫌うようでよくない、ハハハ。僕はこの人に無理に腹をたてさせられている」

小説家は煙草を揉みつぶしながら編集者の顔を見た。

「腹をたてなきゃ書けないような仕事ばかりさせたがるんだ、この人は。少しでも腹をたてないでいると、怠けていると思われるみたいだ。参るよ」

小説家は一笑して話を切りあげ、編集者も「このへんで」という顔をつくって目をそらした。編集者の細い眼は、いつも何か別なものを求めて、ぞんざいにそらされた。彼は決してインテリになろうとしない型の編集者だった。

良平は古本屋の主人と向かいあい、ビールのジョッキを傾けた。用は済んでいたので、特に話があるわけでもなかった。炎症を起こしている喉をただビールが気持ちよく通った。古本屋主人はいまの小説家にも編集者にも興味をもっていなかった。彼は主に明治、大正の作家のものを集めていたから、ビア・レストランでも古いものに囲まれた顔で平然としていた。

良平は、埼玉県の自宅へ帰るのにまた長い時間、電車に乗った。そのあいだ中眠りつづけた。胸に灰のつまったような気分だった。その灰を溶かすために眠りがやってきた。狭くなってい く意識のなかで雨がびしょびしょ降っていた。荒涼としたいやな眺めがしばらく貼りついていた。

風邪がひどくなった昨日以来の移動は終わろうとしている。きのう大学で講義をし、横浜駅前で泊まり、今朝戸塚の中学校へ行って埼玉へ帰るまで、良平にとっては長い時間であった。巨大な工場の地下の穴をどこまでもたどりつづけるようだった。あるいは、槇あかりに導かれる冥府の旅のようだとさえ思っていた。そんな移動が終わるとき、いったいどこの地上へ顔を出すことになるのか。

私鉄の駅でおりるとすでに暮れ方だった。雨があがって明るくなっていた。良平は目を見ひらき、深呼吸をした。

新開の町の小公園沿いに歩きはじめた。子供用の遊具が色鮮やかに濡れていた。閑散とした空気が肌に馴染んできた。

同じ電車からおりた人びとが、背後をばらばらに歩いてくる気配があった。その気配のなかから、急に一人が近づいて、良平の右腕に当たるのを感じた。どしんと当たって前へ出た。流行の断髪がつやつやしている女が振り向いた。ニッと笑った。ほとんど十年ぶりの江森友子だった。

友子は昔と同じ滑りのよすぎる調子で、

「不思議ねえ、ただちょっと来てみただけなのに。ところが、なんと、あなたが歩いてた。目の前に、ほんとにいた。こんなことってあるのねえ。全然変わってないわね。よかった」

「駅の名前はどうしてわかったの？」

「電話であなたが言ったじゃない。今度引越したからって。こっちのほうは来たことなかったわ。遠かった。でも、きれいな駅ねえ」

「新しいんだよ。去年までは駅なんかなかったところだ。駅を一つ増やしたんだ」

江森友子はあっさり十年を飛び越えて腕を組んできた。彼女が結婚してからの十年だった。もう四十にはなっているはずだが、丸顔が艶を失っていなかった。良平は昨夜しきりに思い出していた槇あかりの姿をかき消すように、江森友子が目の前に現われたことを思わずにいられなかった。

それは妙な暗合だともいえた。昔、友子はあかりのうしろから出てきて、つと前を遮るようにしたのであった。良平自身、その友子を受け入れたのだった。友子の艶のいい童顔の前で、年上のあかりの顔が憤りに暗く染まるのを見ることになったのだ。

「こんな田舎へ引越してきて、ずいぶんはっきり区切りをつけちゃったみたいね。あのころとはもう違うのね」

「そうでもない。隠棲したってわけじゃない。歳をとって雑事が増えたよ。だからよく出かけるよ」

友子はいまなお、あかりの背後から現われ出た姿のまま良平の目のなかに残っていた。その後のつきあいでいろんなことがあったのに、それは別勘定のようになって、もとの姿が見えた。いま腕を組んで横を歩いている友子のことは、素直に頭に入りにくかった。

「あたしはね、もうとっくに区切りをつけたの。離婚したのよ、二年くらい前」

「そう。別居したのは聞いていた。でも、まだそのままかと思っていた。結局何年つづいたことになるの？」

「四年かな。永かったでしょ？　もういいのよ、あんな生活。あかりさんはとうとう結婚しないで死んだけど」

かつて友子とつきあった月日がなかったもののようになって、いま流行の断髪だけが目のわきに見えていた。良平自身、姿が見えない人間のように感じられた。友子も一向に姿が見えない気がした。

「そうすると、彼女のあれは、あなたが離婚したころのことなんだね」

「離婚してから聞いたの。でも、だれもくわしくは知らないのよ。離婚して振り出しに戻ったのはいいけど、戻ってみたらあかりさんが死んでいて、こわくなったわ。しばらくあなたに知らせる気になれなかった」

「大学教師になった部長がいたね。その人とも関係がなくなっていたんだろうか」

「結局切れてたみたい。お勤めをやめて、部長から翻訳の仕事をもらったりしていたころ、あかりさんはやっぱり幸せだったと思うのよ。それが、その後ぱったりと音沙汰がなくなって」

良平はこんな話をつづけて家のほうへ行くしかないのに不安を感じた。風邪をおして動きまわった二日間の疲労の極へ追い込まれていくようだった。

江森友子からもっと聞き出したいとも思った。が、腰を据えるための店がこのあたりに一軒もなかった。片側に畑がつづいて、ネギがつんつん立っていた。垣根代わりの低い茶の木のそばに、ショウブの花がひらいていた。昼間より明るみを増したような暮れ方の白けた空が広かった。人通りの少ない道が濡れてまっすぐ伸びている先には、自宅のほかに何の目当てもなかった。妙に静まり返っていた。

良平と友子と、姿が見えないようなふたりが、空虚な新開町の明るみに残されているのだった。木島壮一もとっくに消えていた。木島はいったん死んで、東南アジアの人間に生まれ変わったのだと思うこともできた。が、それもいまでは雲をつかむような話だった。

「こないだね、電車のなかで、ちょうど昔のあかりさんみたいな人を見たの。例のバティックに似たのを着ていたのよ」

「日本人?」

「ウン。あの服、ほんとはマレーじゃなくて、インドかなあ。サリーみたいだけど、ちょっと変わったのを着て坐ってるの。窓から風が入って、薄い布地がふくらんでハタハタするの。でも、特に目立ちもしないのよ」

「やっぱり時代が変わったんだな。もう珍しくもないんだからな」

「木島さんどうなっているのかしら。鬱病とか何とかいうと、あかりさんより木島さんのほうだっていう気がしてしょうがないわ。そういうイメージだわ。だって、何か思いつめて、暗くなって、目を血走らせていたでしょう、あのころ」

木島が海のかなたで生まれ変わっているなら、あかりもまたむこうで蘇生しているのではないか。ひょっとして木島がいる海の国でバティックを着ているのではあるまいか。昔木島は、あかりのなかの無垢なものの頑なさにいら立っていた。あかりの、どことなく性的に不熱心なところを、それに結びつけたりしていた。木島はいまもあかりにバティックを着せて、彼女のなかのいつまでも未開発なものを責めたてているのではなかろうか。

良平は、はるか南方の海を思い描けば、どんなことでも考えられそうな気がしていた。

江森友子はふと黙りこんだ。住宅が増えてくるまっすぐな道の行手を、はじめて見る目で見ていた。

良平は、あかりのことを離れては、ことばがなくなっていくのを感じながら言った。

「こんな何もないところへ来て驚いただろう。僕もまだ驚いているような気持ちだ。これまでの五十年とは何の関係もなくて」

「あたしもいまはもうこれまでとは何の関係もないわ」

「まあ、別世界だよ。あかりさんがあの世へ行って、われわれもこんな白けた仙境へ来てしまっている。そう思うことにしよう」

「静かねえ。あなたが変なことを言うだけあるわね」

「ここから出かけると、人間世界が遠くて大変だよ。きょうも朝から電車に乗りづめの大移動だったんだ」

良平の家への曲がり角へ来た。角の家が婦人物ファッションの店になっている。アメリカ風の木造住宅にショウ・ウィンドウをつけて店にしてある。友子はそのショウ・ウィンドウを見て立ち止まった。

良平から離れて立った友子のうしろ姿は、十年前とは違っていた。腰高にすんなり伸びた体つきは変わらず、スカートも短めだったが、腰まわりがそこだけ誇張したように大きくなっていた。

「こんな店がどうしてここにあるのかわからないよ。たぶん小売りだけじゃないんだろう」

「卸し屋さん？　でも、これすてきよ。海外旅行なんかにいいわよ」

海辺のリゾート用らしい大胆な色づかいのサマー・ドレスを友子は指さしていた。

「僕の家はここを曲がるんだ」

良平はドレスから目をそらしながら言った。疲労困憊していた。

影絵

れい子は車酔いを怖れて目をつむっているが、気分が悪そうな様子はなかった。目がきれいで街でもあやしげな誘いのかかることの多い顔が、ただ軽く閉ざされて、平たく見えた。

クアラトレンガヌだよ、と言えばすぐに大きな目をあけるだろう。白川時彦はトレンガヌ河口の港町が見えてくるのを待っていた。道が急に広がってハイウェイらしくなり、タクシーは真新しい大橋を渡って河を越えた。道は街なかへ入らず迂回して、まとまった街の眺めはないまま、海ぎわのホテルに達した。朝コタバルを出て三時間近くかかっている。

時彦は声をかけるとき鴨沢れい子の顔をよく見た。二十五になって、幾分顎が張ってきたように見える。頬の肉もなぜか薄くなっている。肌色もややほの暗くくすんでいる。仕事についで三年目の疲れが出てきているのかもしれない。少女歌手めいたくつきりした目鼻立ちにふさわしい精気が、あまり感じられなくなっている。

クアラトレンガヌでは二泊できるかどうか気がかりだった。東京の旅行社では二泊目は予約を断られていた。この国の独立記念日で、リゾートは満員なのだ。着いてからの交渉次第では、クアラルンプールへ戻るのを一日早めて、明日の飛行便をとるため街へ飛び出していかなければなるまい。クアラトレンガヌが今度の旅の最後の予定地である。

マレー半島の東海岸へ来たからには、北端のコタパルからここまで南下しただけで旅を切りあげるのは中途半端にちがいない。が、時彦の会社が認める夏休みは、そのくらいが限度だった。たった十日の旅に出るのにも、あまり愉快でないやりとりがあった。時彦はそれを思い出したくなかった。東京での息苦しさを忘れていたかった。

日本の集団の空気から離れると、企業の人間としての白川時彦の頭は多少観念的になってくる。時どき妙な考えが頭に浮かぶ。自分は将来もよい上司には恵まれないのではあるまいかという変にはっきりした考えである。あるいは、自分の上にくる人を信頼して働く企業人の幸福は、自分には決して得られないにちがいない、という不幸な確信のようなものである。時彦は会社で忙しくしているときにそんな考えをもったことはなかった。それは他人の頭から出た観念のようにはっきりしすぎていた。

旅に来てみて、二十八歳になった自分というものが感じられた。旅のおわりのクアラトレンガヌの地で、海辺のホテルの光のなかに、見飽きたような海の青さのなかに、時彦は自分の行路にあるらしい壁のようなものを認めた。

「あら、ここはお料理がたくさんあるわね。ずいぶん多いな。よかった」

れい子はロビーから昼食のはじまっている大食堂を見おろすと、すぐにそう言った。ビュッフェ・ランチの大皿の列が、食堂の中央に大きな円をえがいている。リゾートを渡り歩いて一週間にもなると、ビュッフェ料理の同じような味に飽きて、皿数が少ないと食べるものがなくなってくる。れい子はようやく生気をとり戻した。時彦もフロントで話したあとでひとまず安心していた。フロントの青年は眉をひそめ、明日の宿泊は非常にむつかしいと言った。が、スタンダードの部屋の倍くらいの値段のスイートならあいている、とつけ加えたのだ。

明日が混むのは独立記念日のせいだけではないことが、ホテルへ来てみてわかった。明後日に国際マラソン大会があって、選手たちが泊まるのである。ロビーに「プリッジ・ラン」と大書したポスターが貼ってあった。「ブリッジ」というのは、クアラトレンガヌへ入るときに渡った真新しい大橋のことらしい。大橋の竣工を祝って橋のむこうまで往復するハーフ・マラソンの大会が催されるらしい。

部屋からはプールとヤシの木立と海がななめに見おろせた。れい子はパルコニーへ出て、暑熱と光を湧きたたせているその眺めの前で、白いプラスチックの椅子に左脚をのせ、目を近づけてしらべた。さっそく素足になっていた。ふくらはぎからくるぶしへかけて、赤い斑点がちらばっている。ずいぶん大きいのがあったのが、小さくなってきたように見える。れい子は子供っぽいほど真剣に、ひねった脚のうしろ側を見ている。

今度の旅の最初の滞在地だったボルネオのリゾートで、ホテルの看護婦(ナース)が、何とかいう蚊に刺されたのだろうと言った。ナースの部屋はホテルの裏の、ボイラーの音がやかましい暗いところにあった。中年の中国系ナースは、薬の棚を背にして、まじめな重々しい口調で指示を与えた。かゆくなるからエビの類は食べるな、と言った。脚をなるべく温めるように、そしてもしプールに入るなら、あとで充分日光にさらしてから軟膏を塗るように、と言って小さなチュープをくれた。

れい子が脚の斑点を見つけたのは、海辺のリゾートから出かけたクチンの街でのことだった。かゆみがないので気がつかなかったのだ。何かに刺されたのは、前の晩戸外のテーブルで食事をしたときのことにちがいなかった。ビュッフェ・ディナーが混雑していて、料理が足りないくらいだった。客が来るたびに庭のほうへテーブルを増やしていった。

二人用には大きすぎる間にあわせのテーブルの下で、れい子の脚がぼんやり蚊に食われていたことになる。れい子は大柄なほうだが、上体にくらべて脚が華奢だ。細いばかりでなく、ふくらはぎの肌など顔より白いくらいで、脚の印象をひ弱なものにしている。それは二十五歳のれい子に残された最後の少女らしさだというふうにも見える。上体のほうは、ちゃんと幅があるだけにひ弱な印象はない。年相応の職業人らしい落着きを感じさせる。

クチンの博物館で、ダヤク族の大壁画をまじめに見あげていたれい子が、やがて姿勢をくずして自分の姿を見まわすようにしたとき、ストッキングの上からもはっきりわかる赤い斑点の群れに気づいたのだった。れい子は広いホールにこだまするような悲鳴をあげた。おびただしく展示されている密林の虫が、いっせいに彼女のひ弱な脚に這いのぼってきたというように、れい子は怖れおののき、怯えた。

満々たる泥色のサラワク河のほうへ坂をくだった。もともと白人藩王（ラジャ）がつくった公園風の町だ。れい子は脚のうしろを振りかえり振りかえり歩いて、時彦に遅れがちだった。時にはひとりで立ちどまった。そういうときは半分泣き顔になっていた。見るからに頑なに閉ざされた顔だった。

　華奢な少女らしさが脚から全身にひろがったというふうにも見えた。大きな目を光らせて何でもやってのけるがんばり屋の姿は消えてしまった。れい子はまだ新しい外資系の会社で大事にされていた。

　時彦はれい子の頑なな半泣きの顔を、人ごととは思えない気持ちで頭に焼きつけた。彼女は大学以来の同伴者なのだという思いが刺激された。とりわけれい子の卒業後、二人は社会人としていわば並んで生きてきた。時彦はれい子と歳もちがい、仕事の関係もないが、会社の同僚を意識したりするより、むしろれい子を見ながらビジネスマンの暮らしをつづけてきたのだ。

　いまその道に、何か見えない障害のようなものが感じられる。自分はいい上司に恵まれることが決してないような人間ではないかという妙な確信が持ちあがってくる。れい子の半泣きの顔を見ると、むしろ時彦自身の行手の障害が見えてくるような気がしてしまう。

　学生のころの仲間の小松卓矢が危ぶんでいたとおりかもしれない。卓矢は時彦とれい子に皮肉な目を向けていた。単純に、二人がいい格好をしすぎると思うだけではないものが、卓矢のしつこい言い方から見えてきた。卓矢は長いこと、鴨沢れい子の少くないとり巻きの一人でもあったのだ。

れい子は競争のはげしい国際関係学部でいい成績をあげ、就職もほぼ望みどおりのところに決めた。ふつうより給料のよい仕事につくための見映えのするスタイルももっていた。身につけるものも持ちものもスキがなかった。それがひとつひとつ型どおりにも見えたが、時彦は決して意地の悪い気持ちにはなれなかった。れい子の型どおりにはそれなりの安定感があって、しかもなかなか鮮やかだったからだ。

小松卓矢の反発は、じつは国際関係学部そのものへも向けられていたのだ。卓矢自身は、国際関係学部の学生らしい型からわざとはずれようとしていた。一年先輩にあたる時彦を、いつからか変に気にするようにもなっていた。時彦が型どおりで退屈な男だというのが、彼の表向きの判断だった。が、それ以上の何か激しいものが、常に出口を求めているように見えた。

鴨沢れい子は、大学卒業のころまでに、いまの若者が経験できそうなことはひととおり経験しつくしたようだった。彼女自身、そう言っていた。男とのつきあいも種類がいろいろとあった。関係が比較的長かった相手が、時彦の前に二、三人いた。時彦とは遅くはじまった。時彦はとっくに社会人だった。れい子が、がんばり屋で移り気だった学生時代を切りあげて社会人になるのを、時彦は自分のやり方で助けることができた。

れい子の乱雑な暮らしはその後も変わったわけではない。が、能力を買われて、仕事上の道が一本通るようになった。簡単に男を変える癖も出さなくなった。世の中で仕事をはじめてからの新しい型が、時彦を相手にひとまず定まったのだともいえた。時彦もそういうれい子を見ながら自分の勤めの暮らしをつくってきた。

ほとんど定期的に旅をした。時彦は旅だけはいくらかでも型をはずすようにし、れい子もついてきた。無駄な日程や妙なコースを嫌いもせず、「あれはあれで楽しかったわね」とあっさり言うようなところがあった。がんばり屋の性質は旅でも発揮されて、実際れい子自身、少々の苦労はいつの間にか乗り越えてきていたのだ。

ところが、今度の旅ではもとのれい子に戻ろうとしているように見える。これまでの努力をやめてしまったようなところがある。ボルネオとマレー半島の東海岸を結びつける旅程はたしかに無理の多いものだし、東京からボルネオのクチンへまっすぐ入る客の受け入れ態勢も不充分で、到着早々まごつくことがあった。が、実際のところ今度のは以前よりも楽な旅で、苦労といえるほどのものは何もなかったのだ。

クチンへ着いた日暮れどき、すさまじい驟雨がやってきた。空港の両替所はすでにしまっていて、親切な青年の車に便乗して行ってみた街のホテルでも両替えを断られたあげく、通りの両替商を探して雨の中を駆けださなければならなかった。時彦が現地の金をもってようやく戻ったとき、れい子は泊まる予定のないホテルの狭いロビーでいつになくしょんぼりしていた。

タクシーで海辺のリゾートへ向かううち日が暮れた。雨の勢いはいっそうひどくなった。密林はすでにだだっ広く切りひらかれているが、蛇行する泥色の大河も、たちまちあたり一面を沼のようにしてしまう雨も、地面が流されるのではないかと思うその雨の轟きも、ボルネオらしさはまぎれもなかった。

決して臆病ではないれい子が、変に弱々しく、すくんだようになっていた。フロント・ガラスを滝のように流れる雨水のせいで、たまに現われる猛スピードの対向車のライトがほとんど見えないますます擦れ違うようなとき、れい子は恐怖のあまり目を吊りあげた。これまでの旅ではなかったことだった。

「やっぱりナースの言ったことが正しかったじゃないか。確実にもうなおるよ。気にすることは全然ないよ」

旅が終わりまで来て、クアラトレンガヌの海の上のバルコニーで、時彦は斑点が出て以来何度見たかわからない彼女の脚にまた目を近づけて言った。れい子が自分の脚を見るときの不服そうな顔を見ないようにしながら、斑点のまわりの白い肌が勢いを盛り返しつつあるのを見定めようと熱心になった。

「日本の医者に見せても、どうせ熱帯のことはわからないんだからな。まだ心配なら、クアラルンプールで医者を探そうよ」

「いいよ、そんなこと。このまま日本へ帰れる。もう心配してないから」

「かゆくならなかったのが何よりだったな。かゆかったら、レイコのことだから、……」

「当然、めちゃくちゃに掻きむしってるわよ。でも、まったく生まれてはじめてのきたない脚だわね、これは」

れい子はその脚にストッキングをはき、昼食におりる仕度をした。レモン色の地に大きな青と赤の花柄の、膝までのドレスに着かえた。脚の斑点もストッキングをとおすと目立たなくなった。

エレベーター・ホールはサン・ルームのように明るかった。れい子は蚊の咬みあとをためつすがめつするときとは違う、すっきりと整った顔をとり戻していた。窓からは一方に海が、もう一方にクアラトレンガヌの街が見えた。

照り返しのまぶしい海に背を向けて、二人はヤシの木と赤瓦の家々のむこうに、高層ビルがいくつか突き出ている街をはじめて見渡した。その眺めの奥をトレンガヌ河が横切っているはずだった。「ブリッジ・ラン」の大橋も、街並みのむこうに隠れているのにちがいなかった。

時彦は暑さの具合を推しはかってみて、街の中心まで歩けそうかどうかをまず考えた。近いとは思えなかった。

「赤い屋根がきれい。住宅地ね。歩いていかない?」

れい子も同じことを考えたようだった。

「道が遠まわりみたいだな。かんかん照りの広い道しかないようだし、どうかな」

大食堂へおり、海際の席へ歩いていくとき、時彦はもうビールのことだけ思っていた。旅先ではれい子もビールをたくさん飲んだ。彼女も席へつけばすぐ「ビール」と言うにちがいなかった。時彦はくつろいだ気持ちで、ふと何の脈略もなく、「見かけだおし」ということばを心に浮かべた。われわれはたしかに見かけだおしなのかもしれない、と頭のなかで考えた。

熱帯の花や料理のあいだで、れい子の見かけはきれいに整って、動揺のあともなかった。目の色も肌の色も澄んできていた。丈の高い、まっすぐな背中が冷たくも見えた。

時彦は自分たちの弱さ、というふうにはじめて思った。海の青が目に染みつくように、変にはっきりそう思った。見かけだおしの図体を感じた。

皿に料理をとりにいったれい子は、時彦よりだいぶ遅れてテーブルに戻ってきた。珍しく中年の日本人女性に話しかけられたのだと言った。

「日本からまっすぐここへ来て、一週間いて帰るところなんだって。夫婦と小さい女の子。子供が退屈してつくづく困ったって、やつれたような顔して言うのよ。こういうところで一週間なんて、日本人には無理ですねえって。何だか人なつこそうな内緒話の調子なの。ほら、あそこにいる眼鏡かけた女の子。日本のマンガを読んでるでしょ？」

容姿のせいか、れい子は旅先で日本の女性から話しかけられることはまずなかった。やはり今度は彼女の弱さが見えるのかもしれない、と時彦は思った。眼鏡をかけた女の子のことはさっきから気づいていたが、日本人ではないだろうと思っていた。れい子も同じようにそう思っていた。

午後になって雨が来た。部屋からななめに見える海の上が見る間に翳ると、蒸し暑い灰色の空漠をつき刺して雨が叩きつけてきた。眺めの端から端へ、白い雨脚がおびただしく横切りつづけた。

脚を蚊に刺されて以来、れい子はプールへ出たがらなかったから、午後は街を見にいくつもりだった。それがだめになった。

部屋にいることにすると、れい子はさっそく素足になって、ふくらはぎからくるぶしへ、ていねいに軟膏を塗りはじめた。海の上の八階の部屋が暗くなるほどの雨だった。その薄暗がりに紅い斑点がぎらつきだした。

「これ、フレッドに見せてやりたい。残念だわ。彼はこういうの面白がるのよ。悪ふざけしたがるヤツなのよ」

「前に熱帯にいたことがあるからか。どこだっけ、インドネシアとパプア・ニューギニアと、………」

「あのへんは全部歩いてるんじゃない？」

二年ほど東京にいてロサンジェルスへ帰ったフレッド・テーラーのことをれい子は言った。彼はれい子の会社の米人上司の友達で、ライターだった。東京にも西洋人社会のジャーナリズムがあって、何とか仕事になっていた。時彦は二度フレッドに会い、一度彼の書いたものを読んだ。ここ数ヵ月のあいだのことだった。れい子にそう仕向けられて、時彦はフレッド・テーラーという男を知らなければならなくなった。れい子がフレッドのことを話題にするのも受け入れてきた。

「彼はロスでも羽目をはずして、悪ふざけしてるんだろうな」

「でも、いまはフリーじゃなくなってるから、一応おとなしくしてるみたいよ。編集者はじめたところだから」

「東京でいくらかおとなしくなって、ロスへ帰ったら謹慎中なんだな」

「いつまで続くかわかんないけどね。ともかく激しいものを持ってる人だから」

「タフで激しくて、よく東京にいられたね」

「少しは自分を変えようとしてたみたいよ。たしかに努力はしてたわよ」

「それは彼が女好きだったからだろうな」

　時彦の調子がひとりごとめいていて、聞こえなかったのか、れい子は別に答えず、軟膏を塗った自分の脚をまた見ていた。暗澹たる海の世界の奥で雷鳴がとどろいた。

　タフな激しさ、ということばに引き出されるようにして、時彦の頭にきのうのコタバルの夜が思い起こされた。涼しい、空気のやわらかい夜だった。二人は日が落ちてから影絵芝居(ワヤン・クリット)を見にいった。神楽殿のような舞台があった。鉦(かね)や太鼓や銅羅(どら)が鳴りだし、オーボエのような笛の旋律が広場の闇をつらぬいた。

時彦はれい子をつれて楽士たちの背後へあがりこんだ。楽士たちの前に座頭らしい青年がひとり坐って、水牛の皮をくり抜いた人形を白い幕の前で動かし、語りはじめた。人形の手前に裸電球が一つさがっていて、幕のむこうの観衆には影絵が見えているはずだった。人形を挿す穴のある一本の丸木をなかば敷くようにあぐらをかいた語り手の青年は、時どき右の腿をはげしく丸木に打ちつけ、大きな音をたて、舞台全体が揺れた。彼は語りも、人形の出入りも、人形のまぶたや口や手の操作も、すべてそらんじていてひとりでやった。新しく登場する人形を電球の前にかざすとき、彼は平たい人形のふちの折れたところをそっと直したり、いつくしむように息を吹きかけて呪文のようなものをとなえたりした。

れい子はその青年のすぐわきまで出ていき、舞台の囲いに腰かけて見ていた。時彦にはもう見せなくなったすばらしい目をしていた。身を乗りだし、明りが充分でないのでいっそう濡れたように見える輝きを大きな目に浮かべて、身じろぎしなかった。青年は外国の女がしきりに覗き込んでいても無関心だった。彼は語りのあい間にアメリカ煙草を吸ったりしていた。

青年の顔の前に吊るされている裸電球がとつぜん消えた。青年は懐に挿し込んであるマイクに向けて何か言った。広場を埋めた観客が笑った。その笑い声が、広い闇の底からやさしく持ちあがるように聞こえて、時彦は幕のむこうで地面に坐って見ている人々のことを思い出した。青年は楽士たちのほうを振り向き、布をもらい、切れた電球をそっと包んで新しいものと取り替えた。明りがつくと、白い幕の上に羽虫が動いているのが見えた。

それからは、観客が笑うのがしばしば聞こえるようになった。青年の語りが熱を帯びてきて、ラーマーヤーナ劇が佳境に入っていたのだ。笑い声は闇の底の黒土がむくむく持ちあがるような気配をともなっていた。そんなふうに聞こえて、ひどくやわらかかった。目の前の幕がなければ、ほっと吐き出された土の息のようなそのやわらかいものに直接触れられそうだという気がした。

それが昨夜だった。時彦はクアラトレンガヌの今夜も、れい子を喜ばせたかった。こちらは大海亀が卵を生みにくる浜が近くにあり、観光名所になっている。フロントの青年が、さっき昼食の帰りに寄ってきて、夜中に海亀を見にいく車に乗らないかと誘った。時彦はその青年の手配にまかせることにした。マレー系の、色艶のよい、頰の豊かな美青年だった。れい子が目を輝かすのがすぐにわかった。

部屋のこともその青年にまかせてある。明朝、スタンダードの部屋の空きが出なければ、スイート・ルームへ移ることになる。彼はスイートは高いから自分が何とかしようと言った。高い、高いと力を入れ、輝くばかりの笑顔で請けあってみせた。

簡単にやむかと思った雨が長びいていた。れい子は朝コタバルの市場でひと山買ったマンゴスチンを、バス・ルームで洗ってきた。ほの暗い窓際に二人向きあい、代わる代わる一つのナイフで皮をむいて食べた。白い透きとおるような果肉がみずみずしかった。とろとろと溶けて喉を通った。

「体のなかが明るくなるようだわ。外は暗いけど」

「まったく暗いな。シーズンだから、たしかにうまいけど」

「からかわなくなったじゃない、あたしがキザなセリフ言っても」

「今度ははじめに事故があったからね。いままた喧嘩はできないだろう?」

「いまさらそんなに気をつかってくれなくたっていいわ」

「レイコが今度はいつもと違ってたからだよ。何だか壊れそうで、危なかったよ」

「もしかすると、それがほんとのあたしなのかもしれない」

「今度はいい思いをして帰りたいんだ。気持ちよく帰ってもらいたいんだ」

「いつもと違うつもりじゃなかったんだけど。ほんとは自分でも変なの」

時彦はれい子の過敏さの理由を知っていた。彼女が近く自分のもとを去っていこうとしているからだとわかっていた。もともと、これが最後の旅になりそうだと思うところがあったから、れい子が少々不安定でも驚くことはなかったのだ。

れい子にしても、旅に出るまでは、いつもと同じにやれるつもりでいたはずだ。むしろ、いつもと変わらぬ旅をしながら、自然に決着がつくものと思っていたようだ。その程度にはお互いに相手がわかっているはずの関係だった。れい子は自分が思わずバランスを崩したことにまだ驚いたままなのだ。

時彦はれい子から目をそらし、マンゴスチンの白い果肉を眺めた。

「こんなものを食べてると、タクヤのことを思い出さないか」

と、ふと思いついて言った。

「あれは何だかマレー人みたいなところがあったじゃないか。タクヤの褐色の肌にはきっとこういう白が似合うだろう」

「わざと嫌いな人のことを思い出すのね」

「別にもう何とも思ってやしない。いまなぜだか自然に思い出したんだよ」

「そんなら、タクヤがフルーツ・マニアだったからでしょ、たぶん」

「フルーツ・マニア？ アハ、そういえばそうだな」

昔小松卓矢は、クラブでの集まりに果物をたくさん持ちこんできた。皆が何かを持ち寄るようなとき、卓矢は必ず果物だった。別に主張があるとも見えなかったが、人にからかわれても平気でやや場違いな果物の山を積みあげ、自分から食べた。

「もしマレーシアに来たら、きっとあたしたちの倍は食べるんじゃない？」

「あのフロントの男ね、タクヤみたいに美男じゃないか。似てると思わなかった？ 僕は最初にそう思ったよ」

「そうかしら。たしかに美男だけど、そんなこと思いもしなかったわ」

「あの男、ちょっと厄介かもしれない。何となくそんな気がする。そこもタクヤと似てるかもしれないよ」

「ほんとにしょうがなかったわね、タクヤって」

「でも、あいつはいまでもレイコを思い切っていない。ちゃんと待ってるんだ。ともかく感心だよ。どんなにからんできても、結局手は出さずに待ってるんだからな」

「まったくしょうがない男よ、タクヤは」

「僕はほんとは、こんなに続くとは思っていなかったんだよ。たぶんレイコが感心だったからだよ」

れい子の大学最後の年に関係ができて三年だった。時彦はその関係がいつ壊れてもおかしくないと、ずっと思ってきた。れい子の変心がどこであらわになるかわからないという気持ちを忘れたことはなかった。しばしば外国旅行をし、一見安定したカップルとして金を使いながら、関係が壊れる時をずっと待ち受けていたようなものだといってもいいくらいだ。

そもそも、三年前の鴨沢れい子が安心できる相手ではなかったのだ。彼女の評判は決していいとはいえなかった。れい子が移り気なことは、時彦もよく知っていた。だが、それまで彼がつきあった相手は皆、ほんの二、三カ月で気が変わった。いまはそんなものだと思うところが彼にはあった。

以後、れい子は思いがけず時彦の相手におさまることになったのだ。人前でれい子は、時彦の女としてほぼ完璧にふるまうことができた。特に昔の仲間のあいだでは、つけ入る隙を与えないようなところがあった。時彦はそういうれい子をありがたく思った。双方の虚栄心がお互いを支えあいながら、安定したカップルのかたちがともかくも守られてきたことになる。われわれはまったく見かけだおしだ、と時彦は胸の底のほうで反芻した。小松卓矢がよく言っていたのはそのことかもしれない。何て空虚なんだ、と言いたかったのかもしれない。われわれは、まわりの人間との行きがかり上できていったものを守ってきたにすぎない。それが愛にせよ習慣にせよ、まだ二人がどれだけ本気かわからずにいるうち勝手にできあがったものが、ただそのまま続いてきたのだ。そしてそれがまた、まわりの人間をはじき返してきたのかもしれない。

時彦は何カ月か前の、昔の仲間たちのパーティーのことを思い返した。東京都心のレストランを借りきって開いた、あるカップルの結婚披露のパーティーだった。独特の派手な空気が再現されていた。時彦はれい子と一緒に行き、自分たちがどこの出身だったかをあらためて思い知らされた。仲間たちの目のなかで、二人の間柄はたしかにまぎれもないものになった。が、空虚だった。れい子の虚栄心が見馴れたかたちをとると、いよいよそれがはっきりした。

小松卓矢は来ていなかった。彼は浜松の生家へ帰って、家業の工場の仕事についていた。国際関係学部に対する屈折した気持ちをそのままかかえて引きこもっている卓矢の目が浮かび、時彦はれい子をその目で見直してみた。れい子のような女に執心するのなら、日ごろ卓矢が言うことは矛盾していた。れい子の話では、じつは卓矢は最近もよく東京へ出てきているということだった。

クアラトレンガヌの地でパーティーの晩のことを思うと妙な気がした。東京都心部の山の手のがらんとした夜、地下のレストランに目覚ましく着飾った若者たちが詰まっているのが、筒のうんと長い望遠鏡のレンズに映っているようだ。れい子も、時彦自身も、その古ぼけたような小さなレンズにとらえられている。二人の関係もそこへ収まっていき、やがてこちらには何もなくなってしまう。………

れい子はバス・ルームで洗濯をしていたが、出てくると物干しのロープを持ってバルコニーに立った。ちょうどそのとき、海の上の空が、するすると幕があがるように明るくなった。長い雨脚が白くかがやいた。空いっぱいの白い雨はしばらくつづき、やがてあがると、虹が出た。

海の上にほとんど直立した太い虹だった。上は断ち切られたようになっていた。れい子は虹の太さに心を奪われたようにしばらく立ちつくした。

もう暮れ方で、光がはっきり斜めになっていた。れい子が吊るした下着類が透きとおるようにきれいだった。彼女の脚の斑点が、そのそばでなまなましく紅かった。

時彦は自分も暮れ方の海風にあたろうとバルコニーへ出ながら、

「今夜の海亀ね、この海をむこうから渡ってくるんだろうな」

と言った。雨のせいで結局動けなかった一日が、じきにぱたりと暮れるのだと思った。

「夜中に着く亀は、いまどのへんを泳いでいるのかな」

れい子はわざと舌足らずに言って、青さを増している東の海をじっと眺めた。

「フレッド・テーラーはちょっと亀みたいじゃないか。肩が大きくて」

「首をすくめるとそうね。亀は百キロ以上あるんでしょ？　フレッドはそこまでないわよ」

「アメリカから海を渡って、強引に上陸してくるんじゃないのかな。タフネスの権化のようなのが」

「ほんとにそう思って待っていようかしら」

「でも、彼は亀みたいにおとなしくはないな。むしろ獰猛なイメージだな。このへんの人は逃げまどうかもしれない」

「獰猛な女たらしが上陸してくるってわけ？」

「要するに、きょうのはきのうの影絵芝居(ワヤン・クリット)とは違うってことだよ。一転してうんとなまなましくなるんだよ」

「大海亀が涙を流して卵を山ほど産むんですってね」

「フレッドが涙を流してお産するところを想像してみたら？」

日が落ちてから、中華料理の大きなエビを食べた。れい子がボルネオで蚊に刺されてからはじめて食べるエビだった。やっと食べられるようになったのでビールの量も増えた。十時を過ぎたころ、フロントの美青年が、海亀見物の車が出るのを知らせに来た。


翌朝遅く、寝不足のまま起きたところへ人が来た。フロントの青年だった。彼は海亀見物のガイドをして、何時間も眠っていないはずだった。部屋のことで問題が起きた、と彼は言った。この部屋はあけてもらいたいが、スイート・ルームのほうも都合がつかなくなってしまった、と苦しげに述べたてた。

だんだん聞いてみると、話ははっきりしなくなった。自分がマネージャーを説得してみる、というようなことも言った。たぶん昨夜のよしみでチップを多目に引き出したいのだろうと見当がついた。が、時彦はひとまず彼を追い返した。

あとをれい子にまかせて、風呂に入ることにした。湯のなかで手足を伸ばしながら、眠気が抜けていくのを待った。

フロントの青年が戻ってきて、れい子と話すのが聞こえた。れい子はまるでパーティーの客を迎えるような明るい声を出していた。その声がさもおもしろそうに弾み、ふくらみ、笑いに崩れて、ドアの外まであふれ出ていた。青年の声は、昨夜と同じ粘ったすばしこさでれい子の声にからまっていた。からまりながら包み込まれ、抱きすくめられ、息絶えた。それから、ありがとう、という冷静な声が別に生まれてドアが閉まった。

朝と昼を兼ねた食事をしたり、部屋を引越したりするうちに、午後が進んだ。最上階のスイート・ルームは広大だった。今度の旅の最後の日のために、視角が一挙に広げられたのだ。れい子はその広さのまん中で着換えをした。脚に軟膏を塗りはじめてから時彦の手を離れてしまったような体に、白の上下をつけていった。白い帽子もかぶった。

フロントの青年と話していたときの成熟した女の声は、どこかへ消えてしまったようだった。広大な部屋のまん中でまっ白な服を着たれい子は子供っぽくなった。あらためて少女の姿を与えられたように見えた。フレッド・テーラーの大きな図体が動きまわれる充分な広さのなかでそう見えるにちがいないように、れい子の体はほっそりとむき出しで、心もとなげだった。時彦の知らない処女の姿が現われ出たようでもあった。

いちばん暑い時刻をやりすごしてから、街へ出ることにした。コタバルでは、暑熱の盛りに出歩いていて、暮れ方に向けて暑さが衰えていく変化の境い目を肌に感じるように思った。ほとんどある一刻を境に、はっきり涼しくなっていくのがわかった。クアラトレンガヌの午後、たぶんもうその境い目を越えたと思われるころ、時彦は白づくめのれい子を輪タクの席に押し込み、自分も乗った。

日にやけた首筋が皺だらけの初老の車夫が重たげに漕いだ。なかなかはかがいかないように見えるのに、じきに町の中心らしいところが現われ、「唐人街」という字の見えるチャイナ・タウンがはじまった。店は軒並みに閉まっていた。この国の独立記念日だった。いつの間にか、れい子の白服が黄色く染まりそうな西日に変わっていた。

河口の船着き場に立って、はるかな対岸を眺めた。時彦は日本の企業の人間としての自分を考えた。上司との関係で動きがとれなくなってくるような世界を思い浮かべた。自分は行手を阻まれていて、れい子ともばらばらになっていくのだと思った。遠い対岸の緑のなかに集落が見えていたが、そこへ舟で渡るようなことも、もう考えるのはよそうと思い決めた。自分の旅の仕方にれい子が合わせてきた三年が終わるのだ。当然のように二人で舟に乗りこんで、暮れ方の漁村に上陸したりするのはもうおしまいなのだ。

どこか堅くて、古いようで、いまの若者じゃないみたいだ、と小松卓矢は時彦のことを言っていた。平凡な、ぱっとしない考え方をする、おもしろ味のない男だとも思っていた。れい子がついていったのが不思議だ、れい子はあれでどこか堅いところがあったんだろうか、と卓矢は思い悩んでいた。何てことだ、れい子は「更生」してしまったのか、とくやしがっていた。それこそ卓矢にとっていちばん心外なことだったのだ。時彦に挑発的にからんでくるようなところはそこから来ていたのだ。

空っぽの市場を抜けて、小さな王宮やモスクのほうへ行った。国旗の出ているひと気のないチャイナ・タウンをまた歩いた。卓矢の言うような、今の若者の風上（かざかみ）にもおけない、平凡で堅くておもしろ味のない若いビジネスマンが、漠然と行きづまりを感じながら歩いているのだった。そして、卓矢の見方を少し変えれば、充分に美人だがやはりおもしろ味がないのかもしれないれい子が、ともかくもつづいた三年のつきあいを捨てる決心をして、東南アジアの到るところで見てきたチャイナ・タウンのことを思い返しているのだった。

二人は日蔭になった騎楼（チーロー）の下を歩きながら、チャイナ・タウンの思い出を話しあった。なかでも、食べもののことを話した。それから、ある洋服屋（テーラー）の、スーツを着た二人の男の立姿がリアルに描いてある、まるでアメリカ映画の広告看板のような大のれんの前で、代わる代わる写真をとりあった。それだけ英語のテーラーという字を、時彦は指さしてみせた。れい子は幾分虚ろに笑って応えた。

「こうやって笑ってると、何だか恥ずかしいようね。こんなに静かなことってなかったんじゃない?」

れい子は写真をとってしまってからも、映画の看板みたいなそののれんに見入っていた。店が閉めきってあり、布ののれんが地につきそうに垂れていて、ペンキ絵のようなダンディー男の姿がおかしくて、あたりはただ静かだった。

「これがまあ、いつものレイコだね。旅の終わりにやっと戻ったね」

「辛抱してくれたから、何とかなったのよ。これでよかったんだわ」

「レイコが僕と一緒におとなしくしてるなんて、タクヤには信じられなかったんだな。レイコが心を入れかえてじっとしてるなんて。たぶんあいつはまだ許してはいないよ」

「三年なんて、あたしも全然信じられない。あなたが辛抱強いのに影響されちゃったのよ」

「きのう、あのフロントの男が言ったなあ。日本人はグッド・コンパニオンになりにくいし、ジョリーでもないって。たしかに僕らもおもしろ味のない日本人にはちがいないさ。それから心がないとか何とか、ちょっとタクヤが言いそうなことを言っていたねえ」

「クレバーで、オープンじゃなくって、ね。困ったわね。だから、こんなだれもいないところへ、わざわざ閉じこもっているっていうわけだわね」

「輪タクをつかまえて、ここから抜け出そう。乗って、風にあたっていこう」

「今晩はもうなんにもないのね」

「うん、なんにもしないつもりだ。最後だし、どこへも行かずにおとなしくしていよう」

ホテルへ帰り、広い部屋を歩きまわってビールを飲んだ。日が暮れ、下で夕食をとり、部屋へ戻って今度はコニャックを飲んだ。二人ともなかなかやめられなかった。

時彦は昨夜の海亀見物の浜でのことを思い出しては飲んだ。昨夜、結局海亀は現われなかったのだが、昨夜のことを今夜もくり返す気はもうなかった。浜は真暗なのに人が大勢いた。午後降った雨がしみこんでいる砂に寝そべったりしながら、人々は海亀を待っていた。

案内役のフロントの青年は、時彦ら二人とオーストラリア人四人のグループのために動きまわった。海亀を待つ客の退屈をまぎらわそうと一所懸命だった。時彦とれい子が砂に腰をおろして、暗闇にもちあがる波を見ていると、彼はれい子の隣りに来ては切れ目なく話しかけた。どこかへ消えたかと思うと、枝つきのランプータンを持ってきて、懐中電灯で照らしてくれた。彼はれい子の横にいなければうしろにいた。うしろを動いているときは、絶えず気配が近寄ってきた。

一時間待ち、二時間待ったが、大海亀は一向に現われなかった。暗闇の黒い波のなかから、亀の巨大な肩が形をなすのを待ちつづけるのは何か瞑想的な体験だった。ふとその瞑想から覚めると、フレッド・テーラーが上陸するのを待ち構えているような気になった。背後のしつこい気配からは卓矢が現われそうだった。

海亀のことはもう考えないようにして、二人はしばらく日本語で話した。マレー青年もオーストラリア人たちも遠くなった。そこにできた空間のなかでれい子はふとまじめになり、内向性をとり戻し、彼女の決心をはじめて口にした。これからの計画も素直に話した。

秋には会社をやめて、ロサンジェルスへ行くことにしていると言った。フレッド・テーラーがむこうで待っている。れい子はフレッドといつ関係ができたかもあっさり話した。時彦は彼女の言う事実を呑み込んだ。自分がこれまで単に知ろうとしなかっただけの、わかりやすい事実を知るのはつらいことではなかった。

マレー青年がまた割り込んできた。彼は日本人論をはじめた。格好の暇つぶしにはちがいなかった。時彦はまだ海亀を待っていた。ほんとうにフレッドのような大亀が浜へあがってくるのを待っていた。闇に目をこらす代わりに、浜を埋めている人々の気配に耳を澄まし、急にざわめきが湧き起こらないかと待ったりした。いかにも大勢の現地の人々が、時彦などよりはるかにゆったりと、闇に埋もれて待ちつづけていた。

二時半になっても何も海から現われなかった。ホテルへ帰って寝たのは四時だった。

そしてきょうは寝不足のまま、これといって何もない一日になった。夕食後のコニャックが体に満ちていった。時彦はフレッドの精力的な姿よりも、彼が書いたものを思い出していた。

東京のカード会社が出している旅の雑誌の一ページ分の文章だった。彼のことばの世界は、単に軽薄というより、ウィットの性質に馴染めないものがあった。れい子はあのことばの世界に吸い込まれていくのか、と思った。

　きょうはこのスイート・ルームを確保するのが仕事だった。昨晩の部屋の倍以上の金を出して、チップもうまくとられて、最後の一日のために是が非でも部屋をとる必要があった。二人は確保した広さのなかでただ酒を飲んだ。れい子はやがて寝室へ行き、脚に軟膏を塗りはじめた。

　れい子が光る素足を長く伸ばして居間へ出てきたとき、酔いがまわったのか、焦点が定まらない目をしていた。無表情なまま近づいてきた。

「浜松のタクヤに電話してみるわね」

　と言った。

「よせよ、そんなこと。そこまでしないほうがいいよ」

「タクヤのきょうの仕事はもう終わってる。おいしいマンゴスチンの話でもしてみよう。何て言うかしら」

「どうしたんだ?　まあ坐れよ」

「急に我慢できなくなったのよ。ほんとにあの男は最低よ。どうかしてるわよ」

「酔うとそんなことを思い出すんだな。つまらないよ」

「あたしは酔ってなんかいない。タクヤが馬鹿なのよ」

れい子は時彦の目の前にある電話機をとりあげ、手帳も見ずにダイヤルをまわした。

「……どうしてそんなに景気悪い声してるの？　もう寝てたんじゃないでしょうね。……あたしが電話するのは、あなたをからかう時だけじゃないのよ。しばらく会ってないし、日本人の顔もあんまり見てないから、電話したくなったの。……もちろんここは東京。でも、日本人の顔はろくに見ていないのよ。フレッドの顔は見てるけど。……フレッドはいま日本へ来てるの。代わってあげましょうか。……だって、そのぐらいの厭がらせはしたっていいでしょ？　いつものあなたを思えば。一度フレッドと喧嘩させてみたいって、前から思ってたんだから。アメリカ人がそんなにいやなら、やってみたら？　いまフレッドが電話に出るから、やってみる？……」

れい子の顔は歪んでいた。笑っているように見えて、そうではなかった。時彦は自分がフレッドの代わりに電話に出る羽目になるのは御免だと思ったが、れい子はそんなことをさせる気はないようだった。れい子はむしろ自分から電話にしがみついて、受話器を放そうとしなかった。

声がちょっとおかしいと思うと、れい子の大きな黒い目に涙の膜がかかっていた。

「……だいたい、トキヒコのことだってあなたの言い方はめちゃくちゃよ。たしかにあなたはトキヒコやフレッドが嫌いかもしれないけど、いつもそんなことしか言わない退屈な人といつまでつきあっていられると思うの？　だって、あなたが言ったのはほんとにそういうことだけだったわよ。あの人たちが嫌いだからって、あたしとつきあって何になるのよ？　あなたはそういう変なことしかできない人だわ。もういいの。浜松へ電話したりするの、これが最後だと思って。……そういうの、もううんざりなの。お願いだから変なふうにからまないで。ほんとにこれでおしまいにしたいんだから。……」

時彦はれい子の顔を見ないようにしながら坐っていた。すると、コタパルの影絵芝居（ワヤン・クリット）が目に浮かんできた。

あの晩、途中から舞台をおり、地面に坐って幕に映る影絵を見た。語り手の青年が人物ごとにうまく語り分けているのが、影絵を見ながら聞くとわかった。人物が退場するとき、くっきり映っていた影が大きく乱れて薄れ、飛び去るように消えるのを見ると不思議な心地がした。色彩豊かな影絵の世界が、今のいままで、何とはっきり存在していたことだろう。何と鮮明な、疑いようのない、目に焼きつくような世界だっただろう。影が揺らいで人物たちが消える瞬間に思うのはそのことだった。時彦はくり返しくり返しその思いを味わった。ちょうど夢の覚めぎわに、すべてが揺らぎ、かき乱され、しかしあれは何と鮮明な夢だっただろうと思うような、その不思議な気持ちがくり返し生まれて、あとをひいた。

時彦はれい子から離れて寝室のほうへ行きながら、われわれの三年も影絵のようなものだと思った。空虚だったかもしれないが、鮮明だった。

れい子の移り気と性急さが、危うい偶然を渡り歩くような具合に、何とか抑え込まれていた三年だった。そのれい子のまわりの人物は、卓矢やフレッドやその他の男が小まめに動き、時彦はともかくも動きまわらずにすんだ。そういう役まわりだった。学生時代から引きつづいたその影絵芝居が終わりにきたようだと思った。

人物が入れ替わるときの、幕の上を薄れた影が飛びかう混乱が見えた。夢が乱れて何が何だかわからなくなるときの不安な騒がしさが満ちてきた。人形芝居はみな同じようだ、と時彦は思った。日本の文楽の舞台がとつぜん混乱するときと同じだ。人形たちが大きく移動するとき、座敷に坐った姿の安定感が一挙に崩れ、脚をぶらぶらさせた人形と人間が入り乱れて、舞台いっぱいに悪夢のような混乱が出現する。人形遣いのはいている高下駄の音までごとごとと聞こえる。……

れい子はその晩、くやし涙を流して先に寝た。軟膏を塗った左脚を毛布から出したままだった。ボルネオ以来、ベッドの上のれい子の脚はいつも光っていて、時彦はれい子に触れていなかった。その晩も黙って隣りのベッドに寝た。

明け方、眠りながらずっと何かを考えていたような疲れを感じて目を覚ました。つづきをもう一度考えようとしてみた。が、一向に何だかわからなかった。それから唐突に、卓矢は時彦を憎むがゆえにれい子と関係をつけたのにちがいない、という考えに思い当たった。その考えは見る見るうちに明白な事実の姿になり変わった。もはやそれは疑えなかった。れい子のくやし涙からやっとその事実が引き出されてきたのだった。しかも一晩うつらうつらと眠ったあとで。

時彦の前では、れい子は時彦の見方にあわせて卓矢を軽んじてきた。卓矢と関係をもつなど考えられないというふうだった。それは嘘ではなかったはずだ。が、結果は嘘になった。おそらく、れい子がフレッドのほうへ思いを切替えていく際に、そのことは起こったのにちがいなかった。

そして、今度の旅で、熱帯の蚊に刺されてとり乱したのと同じように、れい子は最後の晩に卓矢とひと騒ぎ演じることになったのだ。いずれにせよ、それは時彦と柄になく平穏な三年をすごしたあと、解き放たれていくれい子の姿にちがいないのだ。

時計を見ると六時だった。隣りのベッドをうかがうと、れい子が見えなかった。はっとして頭をもたげたとき、れい子の声が聞こえてきた。隣りの部屋で電話をしているような声だ。

時彦は閉めきってあるドアのところへ行ってみた。かなり大きな英語の声が聞こえる。ロサンジェルスのフレッド・テーラーへ電話をしているらしい。時彦は時差を計算してみた。むこうは昼すぎぐらいの時刻である。いまの仕事はいつやめてもいいのだとれい子は言っている。十一月いっぱい勤めてボーナスをもらってやめるつもりだったけれど、もっと早くやめてもいい、もう我慢したくない、と言っている。

その我慢したくないというのが、時彦には自分との関係のことのように聞こえて、心にこたえた。れい子の口調は、英語のせいもあって激しかった。時彦とふたりのときにはめったに見せないような激しさだった。それは昨夜の卓矢とのやりとりからつづいた激しさだという気もした。れい子の奇妙に切迫した調子が、はっきり時彦を置き去りにしていくようだった。時彦が触れ得たものよりもっとふところ深くにある情感が、時彦とはかかわりのないほうへ激しく噴き出していくようだった。

カーテンをあけると、海の上がようやく明るみはじめていた。まだ光は見えず、雲が低かった。鈍色（にび）の南シナ海がどこまでも平坦に、鋼（はがね）の板のように広がっていた。

その朝、二人は朝食もとらずに街へ出た。市場でドリアンを買って食べるつもりだった。今度はククシーで行った。時彦は運転手にマラソンのことを聞いてみた。今朝のはずだが、通行止めになったりしていないかと思ったのだ。

もう終わってしまった、六時スタートだったから、と運転手は答えた。マレーシアはもうひとつだったなあ、男は二位と三位に入ったけれど、女はやっと四位だからね、とのけぞるように笑いながら言った。一位は男も女も中国ですよ。通りはどこでマラソンがあったかと思うほど、いまやきれいにひと気がなかった。

六時といえば、れい子がフレッドに電話をかけていた時刻だ。あのときどこで号砲が鳴ったのかも知らずにいた。三千人もの人がどこの道路を埋めて走りだしたのか、その気配さえうかがわれなかった。時彦はただれい子の激しい声を聞いていただけだ。

市場はきのうとはうって変わって、ごった返していた。ドリアンを選ぶのはむつかしかった。時彦は選んですぐに失敗したと思った。市場裏の、河べりに箱や籠や野菜くずが放り出してあるところに立って、二人で食べた。果肉がふっくらしていなかった。強い匂いもなかった。落胆のあと味が悪かった。れい子と二人、生気の抜けたカスのような果肉を指でつまんで立っているのが虚ろな心地だった。

ホテルでは、マラソン大会の授賞式とガーデン・パーティーがあった。青年や娘たちが仮設の舞台で踊った。時彦はマレー系の彼らの美しさを目にしみるように感じながら、芝生の上に立っていた。食べものの皿がたくさん並び、ドリアンを山のように積んだ屋台も出た。ホテルの一般客も切符を買って参加できるようになっていたのだ。

雲の低い、涼しい真昼で、ガーデン・パーティーは静かだった。授賞式も、勝者さえ引っこみがちで、拍手も穏やかで、騒がしさとは無縁だった。だれとだれが喜んでいるのかもわからぬうちに式は終わっていた。

時彦はドリアンの屋台のところへ行ってみた。屋台の前に立ったちょうどそのとき、鉈(なた)でドリアンを割っていた男が声をあげ、あたりがざわめいた。みずみずしく盛りあがった果肉が時彦の前に突き出されていた。

時彦は喜んでそれをもらった。れい子のところへ帰ると、彼女はもう食べたくないと言った。

れい子は寝不足のうえに、市場での落胆の影がしみついたような表情だった。時彦は無理にすすめなかった。

フロントの青年が、スイート・ルームはどうだったかと愛嬌いっぱいに近づいてきた。空港へ行くリムジン・バスが二時には出る、出る前に呼びにきてあげる、とも言った。

時彦はマラソン大会を祝うこのガーデン・パーティーの穏やかさにひとり慰められていた。二時が来て、玄関前に着いた小さなリムジン・バスに乗り込んだ。そのときになってみると、どういうわけかフロントの青年は現われなかった。彼が呼んでくれるのを待っているわけにはいかなかった。

バスには、マラソンの女性の部で二位になったインド代表の白人の三十女とその仲間たちが乗っていた。彼女は盛りあがった腿の上に副賞の乳製品のようなものをたくさんのせていた。仲間の中国系の女たちも、ショート・パンツからすばらしい腿をあらわにしていた。東南アジア各地の大会の常連たちのようだった。

彼女たちが路上に勢揃いしていた涼しい明け方、スイート・ルームで切迫したような声をあげていたれい子は、ほとんどひとこともしゃべらずに彼女らの話を聞いていた。これまでとは違う生活を求めて道を変えるときの、重苦しく不安な、傷を負ったような姿が、時彦の肩先に触れてじっとしていた。

外来の客たちを乗せたリムジン・バスは、田舎道を走って小さな空港に着いた。クアラルンプール行きの真新しい中型機フォッカー50がやってきた。

鳥（とり）・獣（けもの）・花（はな）

1

東洋人の男がひとり、英仏海峡の海と向かいあっている。彼は防波堤の上のベンチに深く腰をおろして、時どき左脚を海に向かって突き出すようにあげる。脚を一直線にしたまま力んでいる。が、すぐに力尽きてかかとから地面へおろす。

海は暮れかけ、浅い青の名残りが灰色に呑まれようとしている。彼はその海をろくに見ないで、六十年のあいだ自分を支えてきた脚のことを思っている。

ベンチに腰かけている者はほかにいない。背後は崖で、むきだしの土が崩れかけている。彼の左手、防波堤が尽きた先は、海水浴ができそうな入江になっている。入江のむこうの丘のふもとに、アーチを列ねて丸屋根をのせた俗なコンクリート建築が見える。

午後この海辺に着いてホテルへ入ったとき、彼は少なからず失望した。ホテルはにぎやかなウェイマスの町から離れていたが、町はずれだから上等というのでもなかった。車の多い道路際に建っていて、ツタのからんだ古い二階建てがむしろ見すぼらしかった。部屋も狭すぎた。

夕食まで部屋にいる気になれなかった。彼は海のほうへ道路を渡り、だれもいない崖下のベンチへやってきた。崖の下へ出るところに、新建ちの小家が数軒並んでいた。台所に主婦たちの姿があった。

ベンチへ来てからも彼女らに見られているのかもしれなかった。が、彼はかまわず海に向けて左脚を突き出し、つまさきを立て、腹に力を入れて脚を一直線に保ち、我慢できなくなるとおろした。

悪いのは腰だが、足首のあたりが痛んで、あまり歩けなくなったのだ。それでも痛みをおして彼はひとりで英国へやってきた。会社の定年と同時に、まだ丈夫な脚でどこへでも行くつもりだったから、その予定を変える気にはなれなかった。

ここ五年ほどは、技術系社員の再教育が主な仕事だった。東京近郊の研究所で若者たちとつきあい、一緒に山へ登ることもあった。長いこと健脚を自慢にしてきた。研究所へ研修にくる若者たちとは違う時代に育った男の姿勢の固さは、彼の健脚と結びついているように見えた。彼自身そう思うところがあった。

そんなことがおそらく彼の離婚にも関係していたのにちがいない。彼がこの歳で離婚を決めることになったのも、自分の脚さえあればまだ何でもできるとどこかで思っていたからだ。彼は英国へ来る前にその問題をきれいに片づけて満足していた。

五月はじめの晴れた日の暮れ方が冷えてくる。海には船もない。ベンチに坐ってから一隻も見ない。この季節、すでに人が出ているリゾートなのに、まったく見捨てられた風景のようにも見える。人間が手を引いてしまったあとの荒涼の気がある。日本のどんな淋しい海辺よりもさっぱりと見捨てられているようである。

人がいないわけではなかった。右手、数軒の小家に近いあたりで、青年が二人、下の砂利の浜へおりたり防波堤へあがったりしている。よく見ると、幅跳びのように、防波堤から遠くへ跳びおりる競争をしているらしい。跳びおりたときの砂利の音が響く。防波堤は低くないので、おりたあとどんな恰好になったかは見えない。

彼の左耳の耳鳴りが聞こえている。それほど海の波の音が弱い。左耳がよく聞こえなくなったのは数年来のことで、はじめは驚いたが、もう馴れてしまった。今度の脚の痛みのほうがいやな気持ちが強い。

十年前、北村みゆきという娘と英国旅行をしたことがあった。彼はオランダへ出張して、ある研究所へひと月かよったあと、英国へ来た。若いみゆきは直接日本からやってきた。十日ほどふたりきりになれた。彼の体にはまだ何の不安もなかった。

十年の違いが大きいことが、今度来てみてわかる。北村みゆきとの旅は、たしかに彼の若さの最後の記念になった。その後彼の人生は変わりはじめた。みゆきとのことが、直接離婚に結びついたわけではない。日ごろ、彼のようなエンジニアの生活にも、妻以外の女性がかかわってくることがあった。幸いに、妻の春恵がその種の事実を知ることにはならなかったし、みゆきのことから騒ぎが起こったわけでもなかった。

そうではなくて、彼自身が変わりはじめたのだ。日本へ帰ってからもみゆきとのあいだはつづいた。みゆきが遠からず去っていくことはわかっていた。それを知りながら関係するうちに、彼は次第に春恵とかかわれなくなっていったのだ。

予想もしなかったことだが、単純明快な「罰」のようなものがやってきた。彼はそいつの顔を呆れて眺めるような気持ちだった。若さそのものを相手にしたあとで、その若さに去られてみると、春恵の体に向かっていけるものがもはや残っていなかった。いわば、みゆきとの経験が、春恵とのかかわりからきれいに色を抜いてしまっていた。

旅行後の十年は、結婚生活を徐々に解消していくための十年になった。夫婦のあいだの冷淡さは、ひとり娘の貴子の生活にも影響した。貴子はいまどき珍しく二十三で結婚して家を出ていった。貴子が出ていくと、離婚はほとんどひとりでに実現してしまった。

十年前、みゆきは英国へ来てから緊張して細くなり、神経も尖っていた。それまで長くしていた髪をなぜか切ってきて、うしろを刈りあげて前髪をふたつに分けているのが見馴れぬ鳥のようで、旅行のためにわざわざ妙な恰好をしてきたように見えた。はじめからそんな過敏さがおもてに出ていた。色白で、顔の小さい、細身のみゆきは、時どき白鷺のように首を伸ばして彼を突ついた。

みゆきが白鷺なら、彼は白鷺に狙われる田んぼの蛙のようなものかもしれないが、自分はまだ十分に敏捷だと思っていた。癇のたった若さが太った蛙を追いかけるのだった。

まだみゆきが研究所の所長秘書をしていたころ、彼はみゆきのことを、珍しく年長の男を好むたちのように思い込むところがあったのだ。彼の人生に興味がもてるだけの落着きと気遣いをそなえた娘のように見ていたというわけだ。みゆきが研究所をやめ、二人だけで会うようになっても、そうではないみゆきがなかなか考えられなかった。うかつなことに、関係ができてはじめて、それが変わった。彼の目にみゆきはほとんど豹変した。

みゆきがずっと、よそゆきの声を出していたことが、彼にもようやくわかったのだ。一見やわらかく成熟した女の声の下から、攻撃的で投げやりな若い地声が、裸になってあらわれ出たのだ。美しい鳥の思わぬ悪声に驚くように、彼は驚いた。

あきらかにみゆきは、彼が生きてきたエンジニアの生活など、大したものとは思っていなかった。それは彼の娘の貴子が、その後父親の人生を一向におもしろくないものと見るようになったのと同じだった。十年近く前に彼は、みゆきを見ながら貴子の離反にそなえていたことになる。

所長秘書としてなかなか堂々としていたみゆきの外面を、彼はなお愛していた。気どり屋のみゆきの一見した派手やかさも、じつは彼の好きなものだった。そんな危なげのない見かけと一体となった未熟さを、彼は英国で夜ごと相手どることに馴れていった。性の戦いめいてくるのを喜ぶ気持ちさえ湧いた。

日本でのエンジニア生活が遠くなっていくのを感じていた。これまでの人生の埒外へ踏み出しかけているようだと思った。

旅行中、彼はたしかに浮いた気分で、多弁にもなっていた。反対に、英国へ来てからことば数が少なくなったみゆきの前で、思わず自分のことを話したりした。

「君が研究所で見ていた僕は、たぶんこんな男じゃなかっただろう。もともと技術屋にしては、変なほうへはみ出してしまうところがあってね。実のところ、あまり品行方正でもなかったし、まあ、君に言えないようなことがいろいろあった。君の歳から僕の歳になるまでに、少しずつよけいなものができて、どこかにたまってきた。自分の生活から自然にはみ出していくものがたまってしまった。それが大きくなるので、いつも気にしていた。僕は必ずしも二股かけるような生き方ではなかったんだが、いまになってみると、……」

彼の話もあいまいなので、みゆきはろくに聞いていなかった。テムズ河の岸辺へぜいたくなクラシック・カーを停めた老夫婦が、車から降りるところを見ていた。夫人のほうは老いが目立つ顔だった。が、明るい赤のコートを羽織ったうしろ姿は水際立っていた。彼女は十分それを知っている女優のような歩き方で、ずんずん歩いていった。みゆきはその姿を目で追った。

見るべきものをただ見せられているというように、英国でみゆきは窮屈そうだった。研究所で所長ら年配者相手にことばを滑らかにつかっていたころから見ると、勝手に黙ってしまうのが別人のようでもあった。いつも職業的な晴れやかさを浮かべていた広い額に、歳相応のむら気が大っぴらな影をつくった。

ホテルへ帰れば、そのみゆきが、色艶のよい獣のようになるのがわかっていた。若さの無関心や敵意が、肉体的な爆発を起こすようにも見えるのだった。彼の人生の外から投げ込まれた危険な爆発物をかかえているようだ、と思うことがあった。

彼が長いこと身を入れてきた道ではなく、それとは別の、自分が通らなかった道のことが、みゆきとの英国の旅で心にのぼるようになっていた。春恵と生きてきた一エンジニアの生活はやがて終わりにくる。そのあとには、おそらくもうひとつの生活が残されている。あるいは、これまでの道が終わったあとには、これまで通らなかった道しか残っていない。

彼は十年前にはじめてそんなふうに思い、みゆきと別れてからその思いはむしろ強まった。覚悟がひんやりと固まっていった。彼はみゆきを失い、そして春恵を失うという順を踏んで、また英国へやってきたのだ。

右手遠く、ウェイマスの海岸通りに灯がつきはじめた。堤防から跳ぶのをやめた二人の青年がこちらへやってきた。並んで速足で歩き、彼の前を通り過ぎた。顔を見ると、どちらもまだ青年とはいえなかった。特に片方は中学生くらいの子供だった。

二人は防波堤のはずれに立って崖を見あげた。石炭のボタ山の色をしたきたない崖である。土どめもないので一部が崩れて、防波堤のコンクリートが土をかぶっている。少年二人はそこに立ち、大きいほうが崖の上部を指さして何か説明をはじめた。

崖を前にした少年たちの背中は一人前にピンとしていた。冒険的な遊びを見つけたときの気の張りが出ていた。

どこを登ればいいか、判断がついたようだった。まず大きいほうが、身を躍らせるように崖にとりついた。そしてななめに駆けあがった。小さいほうもあとから全速力で登りはじめた。見るからに崩れやすそうな崖で、勢いで登ってしまわなければならないので、ジグザグに登るうち二人のルートは別々になった。

崖の上部の草地まで、彼らは寸時も力をゆるめなかった。そこからようやく傾斜がゆるくなる。大きい少年はジグザグの急登から解放されると、今度は一直線に草地を駆けのぼった。がむしゃらな勢いで小さくなり、高みの背後に消えた。小さい少年も負けずに、いたちのように駆けて見えなくなった。

彼は見あげていて、なんとなくわがことのように思った。夕飯前の暇つぶしに、ボタ山みたいなきたない崖をしゃにむに登る少年と同じようなことをして生きてきたのかもしれなかった。防波堤から砂利の浜へ跳びおりるのを飽きずにくり返すような少年時代が、半世紀前の自分にもあった。それが長い仕事の生活を支える基礎になっていた。そんな単純な人生だ、と思った。

彼は痛みをこらえて左脚を宙に伸ばした。しばらく我慢してからかかとを地面にどすんとつけた。いまの彼にとって、背後の崖は容易ならぬ高さだった。上にはただ車の道路が通っているだけのようだが、草地が黄昏の空に消えているところは、見あげるたびに遠くなった。

2

ホテルの部屋は、むかし彼が信州で泊まった湖畔のホテルの屋根裏部屋に似ていた。ダブル・ベッドひとつで一杯になっていた。背の高いドレッシング・テーブルと、ちょうど彼の顔の大きさくらいしかない洗面台があるだけだった。

夕食におりると、階下全体が食事のために使われていることがわかった。食卓が用意されている部屋のほかに、ラウンジやバーや朝食用の部屋がひとつづきに見渡され、客が散らばっていて、狭苦しい二階とは違っていた。彼はバーで飲みながら夕食を待った。防波堤の上にいたときとは違うことが考えられた。

死んだ母親のことが、しばらく彼の頭にあった。六十の男が、まだ四十にもならない若い母親の姿を思い浮かべていた。ほとんど娘のように思うことができた。母親は昔の家の庭で、彼女のひとり息子が植えた草花を馬鹿にして笑っていた。彼は中学生になったばかりで、自分の小遣いで草花の苗を買うことを覚え、花壇をつくろうとしていた。デイジーやパンジーやプリムローズやストックやマーガレットやスノー・ドロップを植えこんでは、毎日土いじりをした。

そんな花は切り花にもならなくて貧相だと母親は馬鹿にしたのだ。鼻に皺を寄せてふざける小娘のようになった。彼のほうは逆に、大人になり代わったように辛抱強く土をいじった。彼が実際に歳をとってやってきた英国の春、住宅地には中学生時分の草花があふれていた。彼の母親が嘲笑したのはみな西洋種の草花だった。彼はそれらの名前の英語をひとつひとつ花屋の店頭で憶えていったのだ。

そのころの花屋の春の匂いが英国にあった。半世紀前の東京の住宅地と不思議に似ていた。急に暖まった空気の肌ざわりも同じものだった。ホテルで食前酒を飲んでいるとそれが呼び覚まされた。

春の空気と花の匂いのなかへ体がほどけていきそうな思いをもてあますような時代があった。少年の彼には土の匂いもたまらなかった。ほかほかした春の土は体を押しつけたくなる相手だった。

年月を飛び越えて、母親のことが急にはっきりしてくる。近来になく明瞭に浮かびあがってくる。ひとりで異国の夕食を待っているときを襲って母親がやってくるようだ、と彼は思った。西洋種の花の名前を次々に憶えていったことから始まった一本の道があるような気がする。それは長いあいだうやむやになっていて、十年前英国で北村みゆきと戦ううちにまた見えてきた道だった。彼は腕力を自慢してみゆきの体を横にして持ちあげ、ベッドへ運んだ。機嫌の悪いときのみゆきは重くて、手に余った。

母親が亡くなる前、彼は母親の体を同じように抱きあげたことがあった。衰弱して小娘に戻ってしまったようでも、まだ軽いとはいえなかった。彼はみゆきを抱くとき、母親の重さの感じがまったく違うものだったことを思ったが、そのうち彼自身の奥に母親の血が生きてくるのを感じた。官能の力を十分使いきらずに死んだ母親の血がほとばしり、みゆきの体に向かっていくようだった。

母親は脳出血で倒れてからも意識ははっきりしていた。彼がはじめて病院へ泊まりこみにいったとき、母親がまず心配したのは、本が読めるような明りがないことだった。

「どうしてスタンドもないのかしらね。これじゃあ、ほんとにしょうがないわね。そこに坐って何か読んでいられるといいのに」

瀕死の母親はわがことのように気をもんだ。母親は本を読む人ではなかった。本なんかより、体をつかって、羽目をはずしかねない人だった。

左半身がしびれて寝返りがうてなくなっても、母親はしゃにむに動こうとした。ある晩、寝苦しさをはねのけようと動いて、ベッドから床へ落ちた。

何か叫び声を聞いた気がして彼が駆けつけたとき、毛布と一緒に床にずり落ちた母親の顔が、窓の外の薄明りを受けて冴えざえと目覚めていた。黒い目が彼の顔をすばやくとらえて揺らめいた。

彼が母親の体をはじめて両腕で抱きあげたのはそのときだった。彼は病室の灯が消えたあと、廊下の明りで本を読んでいたのだ。実際、肝をつぶしたが、母親は頭を打たなかったから問題はないと言って、子供がいやいやをするように、ひどくはっきり首を振った。

翌朝、彼女は不思議に元気になった。半身を起こして牛乳を飲み、ミカンをひとつ食べた。が、その晩から意識が薄れた。五日ほどがんばったが、息絶えた。

「本も読めないなんて、これじゃあしょうがないわね」

瀕死の母親が息子のために気をもんでくり返したことばを、彼は英国でしばしば思い出さなければならなかった。どこへ行っても、本を読むための明りに不足があったからだ。ウェイマスのホテルも同じだった。

ホテルに失望したと思うとき、設備が古いとか部屋が狭いとかより、明りの不足やライティング・デスクがないことを問題にしているのがわかって、彼は内心苦笑していた。いくつになっても変わらないと思った。何十年も昔、彼が理科系へ進んだときに残った一種の不足感が、こんなところまで尾を曳いているのだった。

彼にとっての「本」は、必ずしも専門の技術系のものを意味していなかった。明りもライティング・デスクも、むしろ彼が専門にしなかった世界と関係があった。今度彼は、ロンドンの本屋で小説のポケット・ブックを何冊か買いこんだ。むかし高校時代に読んだものをまた買ったりした。

自分が専門にしなかった世界が、奇妙に官能的に見えるので、彼にとっては「本」もまたそんな性質のものになっていた。ある意味で「本」も女も変わらないのだった。草花の名前を夢中で憶えた年ごろに、彼は英語の単語を頭に詰めこむのにも熱中した。が、やがて彼の英語は専門用語の世界に限られて、貧しくなった。その点でも彼のもう一本の道はうやむやになったのだ。

食前酒のうっすらとした酔い心地のなかに、ある友人の姿がはっきり見えてきて、なつかしかった。文科へ進んだその男は、高校の図書館でよく英語の小説を読んでいた。集中してすばらしい速度で読みすすみ、ひと息つくたび、大冊の英国十九世紀小説の本の綴じ目を手のひらで強く押した。一冊読みおわるころには、ハード・カバーの綴じ目がすっかりゆるんでしまうのがその男の読み方だった。

彼もまた競争で読んだ。ほとんど肉感的な陶酔があった。それは彼が理科へ進んで見捨てることになる陶酔だった。彼は若い肉欲の秘密をこっそり置きざりにしてきたようなものだとどこかで思いつづけてきた。

そんな彼の人生は、娘の貴子が一向に尊敬する気にもならないものなのだった。彼は貴子が目をそむけてしまうものを、友人のなつかしい姿にもう一度並べて見ていた。

腰を伸ばそうと立ちあがり、暮れかけた庭を眺めた。バーのソファはやわらかすぎて、立つときくるぶしに痛みがはしった。ロンドンで見たドーセット州観光案内には庭がいいホテルのように書いてあったが、見まわしてもこれといって何もないようだった。草花も目立たなかった。暑くなれば庭のテーブルを使うのかもしれないが、まだガラス戸が閉めきってあった。食堂の女性が呼びにきた。彼はホテルを検分するような気持ちからまだ抜けていなかった。サービスの人たちは当たりがやわらかかった。料理が来てみると、味は悪くなかった。フランスの赤いガイド・ブックが、この簡素な家をウェイマスのホテルのいちばん上に置いているのが不思議だったが、理由がいくらかわかってきた。

闇がおりて、西洋人の談笑と飲食のためには十分魅力的かもしれない場所がようやくひらけたのだ。彼は一人用のテーブルで、談笑はせずに、死んだ母親が気をもんだ薄暗がりを見つめながら食べた。やがて、むかしの信州のホテルが浮かんできた。この家同様簡素な木造のホテルだったが、湖水の上に張り出した食堂の窓は開け放たれていた。夏の夕食どきの明るさといったらなかった。

春恵という娘を見そめたのはその食堂でだった。彼女は教会関係の大勢と一緒に来ていた。彼はいまでも若い春恵が食事をしていた位置を憶えている。何日目かのある暮れ方、彼が食堂の上の展望室にいると、眼下の湖水へ滑り出た遊覧船のなかからとつぜん混声合唱が湧き起こった。春恵も船に乗っているはずだった。歌は大きくふくらんで、暮れかけた水の上に広がった。水鳥の大群がいっせいに飛び立つのを見るようだった。

もちろんあのころの春恵は、清楚ではあったが、十分な色艶をそなえていた。彼女が属していたキリスト教のグループも、単純な彼には十分艶(なま)めいて見えた。船のなかから湧き起こった合唱の声は、はっきりと官能的な何かだった。

彼はななめ前の壁際のテーブルを見て、壁ではなく湖水が見えれば、春恵が腰掛けていたのはあのへんの位置だった、と思った。すると、ちょうどそのテーブルから人が立ちあがった。老夫婦で、半白の髪が大きくふくらんでいる夫人が立つと、背の高い夫も合わせて立った。夫人が先に歩いてきて、彼に笑いかけた。彼も挨拶を返した。

3

翌日もよく晴れた。一段と暖かくなっていた。彼はタクシーを呼んでドーセットの緑の丘へ乗り出した。ドチェスターのほうへ向かった。

波うつ丘陵（ダウンズ）が海べりまで寄せてきている。住宅地の上の丘へのぼると、もう緑の波のただ中へ入り込んでいる。無人の広がりがやわらかい春の日を浴びている。

谷をへだてたむこうの丘の腹に、ジョージ三世が馬に乗っている姿が見えてきた。京都東山の「大」の字のように、騎馬像が浮かび出るように草が刈りとってあるのだ。露出した白亜質の土がくっきりと白い。白馬である。彼はそのジョージ三世像も、海水浴場ウェイマスの歴史と騎馬像がともに十九世紀初頭以来のものであることも、何かで読んで知っていた。そもそもこの丘陵地の一帯は、むかし高校生のころ彼が馴染んだトマス・ハーディーの「ウェセックス」

だった。

彼はホテルの談笑の場から脱け出て、もうひとつのことばの世界に招き寄せられていくのを感じていた。この無人の緑野は、彼にとってどうやら別のことばが満ちているように思える場所だった。

気温があがって、もやがかかりはじめた。丘陵（ダウンズ）の遠くが見えなくなった。彼はその明るい、まぶしい春霞の世界から、無数のことばが押し寄せてくるのを受けとめていた。それは少年時代の花の名にはじまって、彼が西洋を知ろうとして憶えた雑多な英語の群れだった。彼が技術者として一人前になる前の心に無差別に入り込んだことばの世界が、そこに見えているようだった。

彼が勤めて四十年足らずのあいだに会社は巨大になった。ロンドンからここへ来るまでに、彼は何度会社の名前を町の看板に見たかわからなかった。会社を巨大にするために仕事でつきあった英国人もたくさんいた。が、彼は今や解き放たれていた。大人になってから彼が生きた場所は遠ざかり、結局彼が生きなかった場所が、いまひと気のない緑の丘陵（ダウンズ）になって、前後左右に波うっているというようだった。

新しいハイウェイと立体交差をするところへ出た。運転手は少し迷ってから車を逆戻りさせ、一軒の屋敷の門の前に停めた。私有地につき立入禁止の札が見えた。トマス・ハーディー晩年の家だった。彼はそれを写真で知っていた。遠ざかるときハイウェイのほうから振り返ると、ハーディーが愛した屋敷はいまやまったく孤立していることがわかった。だだっ広い新道路のむこうに、屋敷林が小さな島のように残っているのが見えた。開発されて何もなくなったところに妙なかたちで残された島だった。

車はハイウェイを飛ばして山へのぼった。古い道の時代と違って、辺鄙な土地もすべて開けっぴろげになっていた。彼が持ってきたドーセット州の地図は、よく見ると、ハーディーの小説に出てくる土地の名が、実際の地名の下に並べて書いてあるものだった。薄い藤色が見にくいので、彼は気づかずにいた。フィクションの地名が地図一面に散らばっているのが、ようやく車のなかで見えてきた。ククシーはその藤色のエグドン・ヒースという地名のほうへぐんぐん登ってから、谷へくだった。

ホテルの部屋の暗い明りの下では、それらの地名は見えてこなかった。いまあそこから出て、藤色を目で追える世界にいるのだと彼は思った。技術者になる前に憶え込んだたくさんの英語は、ちょうどフィクションの地名のようなものだった。聞きとるのに苦労する現実世界の英語ではなかった。いまそれらが無数に散らばっている文学地図をたどっているのだといってもよかった。

「エグドン・ヒース」西端の「アッパー・メルストック」村へ入るところが、行きどまりの駐車場になっていた。山歩きの恰好をした人が大勢いた。

彼は車を待たせておいて、山道を登った。ブナの大木が切り倒され、疎林のようになっている。乾燥した土が踏み荒らされている。森全体がしらじらと乾いている。高校生の彼が何カ月もかけて読んだ「緑の木陰」の森である。半世紀近く前彼の頭に生きた森は、いまなお奥深いしっとりした重みを頭の奥に残していた。

谷あいへ下ると、トマス・ハーディーの生家が現われた。彼は草屋根の農家のなかを見て歩いた。すべてがまるで茶室のように小造りだった。すでにナショナル・トラストが買いとって、きれいに手が入っていた。

山へは戻らずに、村の道を通って駐車場へ出た。車は出発した。「メルストック」の教会のへんまで来て、運転手は驚いたように車を停め、ドアをあけて車の屋根のほうへ手を伸ばした。うんと長く伸びた手が、屋根の上のサングラスをつかんだ。眼鏡は無事だった。まだ若い運転手は、さっき彼を待ちながら、車の屋根にサングラスを置いて、森の空気を吸っていたのだ。

行手の丘の上に「カスターブリッジ」の町が見えてきた。尖塔のある教会と王冠のような四角い塔をもった教会が、まっすぐ丘へ登る道の両側にそびえている眺めが大きくなった。

町の博物館に、ハーディー晩年の家の書斎が復元されてあった。「私有地につき立入り禁止」の家から一部屋だけそこへ引越してきていた。

また丘陵(ダウンズ)を越え、今度は違う道を戻った。ウェイマスの港へ出、運転手と別れた。小舟の多い河口の港は、昼すぎの春の日に照らされてがらんとしていた。彼は藤色の地名を渡り歩いて、はじめて別の地面へ足をつけたような気持ちだった。

港のパブで、アイルランドなまりの男がビールをおごってくれた。外へ出たとき、彼は二パイントのつもりを三パイント飲んで、ほろ酔いになっていた。海岸通りの遊歩道を歩きながら、きのうの少年たちを思い出した。崩れやすい崖をいたちのように駆け登ったジグザグの動きがひらめいた。彼らが登りきって消えた崖の上は、いまの彼にはとても手の届かない高みだった。

彼は地図をひらいて、現実の地名である黒い文字をたどってみた。あの崖の上には、ローマ時代の寺の廃墟があるらしかった。バスで行けるなら、そこへ行ってみようと思った。

ホテルの方面へ行くミニ・バスの運転手に聞いてみた。運転手はうしろに停まっているバスに乗れと言った。言われたとおり、彼はうしろのバスに乗った。バスは、海沿いにホテルのほうへ行く道から折れて町なかを走った。その先、海から遠いほうへ住宅地がひろがっていた。バスはあちこち経めぐりながら、広い郊外住宅地のただ中で迷子になりそうな走り方だった。家並みが少し跡切れたところで、運転手がここだと言うので彼はおりた。

ほろ酔いではあったが、場所が違うことはすぐにわかった。大まわりをして海辺の丘の上へ出る路線かと思ったのに、違うようだった。バスの運転手が二人そろって彼が見せた地図を見間違えるというのが不思議な気がした。

何の変哲もない住宅地は、地図の黒い文字とはまるで無関係な様子で、ただのどかだった。日本のようにサクラやモクレンやレンギョウが咲いているのに、取りつき端もなかった。彼は知らず識らず、ビールの酔いのなかへ入り込んでいた。藤色の地名をたどるのが安全なしらふの旅なら、いまは酔って地図の黒い文字の群れのなかで溺れかけているのだと思った。人通りがないので、彼が相談できる相手は、次に来るバスの運転手くらいのものだった。

　のどかな迷路はたっぷりと陽を浴びて暖かかった。彼は自分自身が蒸されて生臭くなっているのを感じた。還暦を迎えた自分がはっきり生臭いと思った。前途遼遠だった。酔いと迷路のなかで腰や足が痛いが、それをへたに意識すると、彼の余命の生臭さも、かえって際立つように思えた。

　結局その日、崖の上へは行けずに終わった。自分の脚に頼れれば、ホテルからただ車道を歩いて登ればいいはずだった。彼はウェイマスの港で酔ったはずみに、町じゅうをバスでぐるぐる引きまわされて、もう一度酔って帰ってきただけだった。まさしく定年退職者の一日だと思った。

　夕飯のとき、前の晩挨拶をかわした老夫婦とテーブルが隣りになった。「デス・バイ・チョコレート」という名の、死にそうに甘いというほどでもないデザートを食べながら、首を伸ばして話をした。奥さんのほうが、娘時代にハーディーの「テス」を読んで泣いたものだと言った。

　翌朝、もう一度隣りあわせになった。どちらも出発の朝だった。奥さんは、もともと黒っぽいのが白くなった髪を、たてがみのようにふくらませていた。顔の造りもいかついほうだが、きれいにあくが抜けたような白い顔に、どこかしら諧謔味のある笑顔を浮かべて彼を見た。席を立つとき、彼女は夫に名刺を出させて、バッキンガム州の家へ来てくれと言った。夫という人はのっぽの痩身で、ずいぶん上のほうでただにこにこしつづけた。たいていのことは妻がしゃべるにまかせていた。

老夫婦は車で出発した。彼はタクシーでウェイマス駅へ行き、列車に乗った。デヴォン州のトーキーまで行くつもりだった。日曜日になっていた。前の晩、部屋の暗い明りの下で調べたところでは、日曜日の支線はすべて運休で、いったん幹線をレディングまで戻って西へ行く列車をつかまえるしかないことがわかった。

ウェイマスは始発駅だが、人はほとんどいなかった。駅のどこにも行先表示というものがなかった。彼は行先のプレートがついていない無人同然の列車に乗り込んだ。三日もつづいて、よく晴れた朝だった。彼はいつでも文字を探して読みとろうとするのをあきらめ、ちょうど母親が死んだ病院の薄暗がりを歩くようにしてまた出発した。

4

三十年間妻であった春恵のところへ、彼は英国へ発つ前に訪ねていった。彼のほうが家を出たので、春恵の家は夫婦が長く住んだ家である。春恵の教会仲間の登美子が、すでに同居していた。夫婦の家を女二人の家にするために手を加えている最中だった。

たまたま、「工房」の施工を頼んだ業者が来ていた。春恵たちはアクセサリーやちょっとしたテーブルウェアを作るガラス工芸の作業場をこしらえる気でいた。電気炉を入れるというから、家がすっかり変わってしまうにちがいなかった。業者とは登美子がおもに話していた。

業者を帰してからも、登美子がもっぱらしゃべった。半白の断髪を振りたてるようにしながら、陽気に何でもずけずけ言った。

「今度野崎さんが見えるときは、すてきな作業場を見ていただけるわ。書斎のあとがどうなったか、見届けていただきたいわ」

「いや、もうそんなに来ませんよ。用がなくなれば、せいぜい慎みます」

「慎んだってつまりませんよ。私の憎まれ口をたくさん聞いていただかなくっちゃ」

「これで当分聞きおさめにしますよ」

「イギリスはどのくらい？」

「むこうへ行ってから考えるけれど、まあ、居心地がよければ一年くらい」

「一年たったら、野崎家時代の痕跡はもう何もないかもしれないわ。あなたはそれがお望みだったんでしょう？　どうぞまた見にいらして」

彼にとっても、登美子は昔馴染みといってよかった。信州のホテルで春恵を見そめたとき、登美子も一緒にいたし、春恵とつきあいはじめたころ、よく顔をあわせた。歳をとって、登美子は夫婦のあいだへ割り込んできたが、彼はただの昔馴染みとして気楽に接していた。登美子もわざとらしいくらいにざっくばらんな調子だった。それがいまでも変わっていなかった。

ずっと独身をとおしてきた登美子が、ひんぱんに家へ来るようになったのは十年ほど前からだ。いまでは春恵は、登美子と仲のよかった結婚以前に戻ってしまったようだ。登美子がそれをたくらんで、十年の努力のすえ実現させたのだ。

彼が北村みゆきとかかわってから、夫婦の関係はいわば脱色されていった。結婚以来彼が好きになったことのない春恵の教会仲間が、その脱色に力を貸すようだった。かつての春恵の色艶は、登美子との古い関係のむこうへ着実に回収されていったというふうだ。

彼は登美子が家へ割り込んでくるのを見逃していた。ある時期からは、むしろそれを利用するようになったといってもいい。娘の貴子がそのことに気づいていた。春恵は春恵で、貴子の身の振り方が決まると、あとはあっさり登美子にまかせてしまった。

いま春恵は、登美子にかばわれた位置に何食わぬ顔でおさまっているように見える。ちんまりと影がうすくて、小ぎれいなのも、離婚の大事をなしとげた春恵らしい姿にはちがいなかった。安心したような白い顔色が、艶をなくしながら澄んできていた。

小柄な登美子はじっとしていない。春恵のまわりをそわそわと跳び歩いている。露骨にうれしそうな目が、ほら、これでいいのよ、これがほんとうなのよ、と言っているように見える。登美子の善良さと支配欲が、家の空気を落着きのないものにしている。

が、これこそ彼自身がもたらしたものにちがいないのだ。彼は登美子の意思をすすんで認めてここまで漕ぎつけたのだったから。かつての春恵への欲求が、やがて乾いた白木のようになって、登美子を活躍させるよう平気でそそのかすことになったのだから。

「教会の人たちのたまり場になるんだったら来られなくなるけれど」

彼は登美子に合わせて、幾分からかうような調子になった。

「工房ですからね、たまり場になんかならないわ。そんなことにはしません」

「でも、ふたりはいろいろと興味をもたれているでしょ？　だからオープンにして、うまくやるつもりかと思った」

「清濁あわせ呑むようなやり方ってできないのよ、あたしたちには。それは野崎さんがお得意だけど、だめなの」

「あの人たちの好奇心くらい、そんなに『濁』でもないでしょうに」

「すべて登美子さんのガラスのためよ」と、春恵が女学生のような細い声で言った。「ガラスは登美子さんのいのち。人がどやどやと踏み込んできたらおしまいだわ。大事にかくまってあげないと」

「あらまあ、この人があたしをかくまうなんて、ねえ。こんなお嬢さまはとても放っておけないから大変ですよ。きっとひと苦労よ」

「春恵もガラスも生きものだからね」

「そうですよ。とても厄介。ガラスのこと、野崎さんにもっと知っていただきたいわ。いくらなんでも忙しすぎみたいだったけど、もうそのくらいの余裕はおありでしょ？」

「いずれ弟子入りさせてもらいに来ますよ」

彼はソファから立ちあがったが、思わず声を出しそうになり、顔をしかめた。

「あら、まだそんなに足が痛むの？　困ったわねえ。大丈夫かしら」

春恵は古い習慣に戻って彼を見あげていた。

「ひどいソファだ、腰が沈んで。うちでこんなのを使っていたんだな」

彼は腰を悪くする前とあととでまるで違って見える古い家具を尻目にかけた。

「自分で靴下もはけなかったからね。これでもよくなったほうなんだ」

「ひとりになったとたんでしょ？　タイミングのおよろしいこと」

登美子は横目をつかうようにして笑った。

「こいつはちょっと情けないと思ったな」

「女手がなくっちゃ、どうしようもないでしょうに」

「そうね、まあ、どうしようもないですね」

「でも、野崎さんて人は降参しないわね」

「当分やせ我慢をつづけますよ」

窓の外の紅梅がひらきかけていた。このへんがまだ郊外農村だったころからの古い梅で、彼はこの家を出るとき見残したものを確かめるようにしばらく見ていた。家のなかはすっかり変わってしまいそうだが、外のものは残るようだった。

その日の帰り道、彼はターミナルの雑踏を抜けて、あるビルのなかの小さな教室へ顔を出した。講師がやってきて、古い時代の洋行文学者の話をした。

いざ定年になって見まわすと、その種の教室が無数にあった。彼と似たような男たちがいた。彼は気が向けば足を運ぶことにしていた。その晩は、英国へ渡る準備も兼ねて話を聞いた。講師は高村光太郎のロンドン時代に触れ、テムズの南、パトニーの下宿の場所を地図の上で示した。ロンドン市街図のフォト・コピーが配られていた。通りの名はディオダール・ロードだった。

彼はなぜかその名前を知っているような気がしてきた。驚いたことに、たしかに知っていた。ひらめくように思い当たることがあった。

十年前、ロンドンで、彼はディオダール・ロードに宛てて何通かの手紙を書いたのだ。日本から来る北村みゆきとテムズ河上流を泊まり歩くつもりだった。ホテルの予約代理事務所がディオダール・ロードにあった。彼は手紙で数軒のホテルを予約してみゆきが来るのを待ったのである。

講師の話によると、高村光太郎は自分が下宿した町を「向島の様な」よいところだと書いているそうだった。今のディオダール・ロードがどんなか彼は知らなかったが、そのヒマラヤ杉の道という名前はいい感じで頭にしみこんだ。十年をへてそれが甦ってきた瞬間も、まず頭の奥でいい匂いを嗅いだように思った。

教室のあと夜道を歩きながら、彼はあらためてその匂いを追うようにした。みゆきとの旅の記憶が、彼のなかでうごめき出しそうになった。が、それも一瞬のことで、夜の教室のあとの深閑たる街路にふさわしい静けさに戻っていった。彼はみゆきがその後結婚した広告業界人との生活を考えようとしてみた。みゆきは彼が生きた製造会社技術系社員の生活からは想像しにくいようなところへ片づいていった。彼はそんなふうにずっと思ってきて、いまではみゆきの生活を考える手がかりは何ひとつなかった。

自分が去ったばかりの仕事の世界も、もしかして、少しずつ想像しにくいものに変わっていくのかもしれない、と思った。むしろそれは、みゆきとその夫の生活が想像できないように、これまで自分が生きてこなかった世界と同じように隔たったものになっていくのかもしれない。彼はそんな思いのなかに落ち込んだ。思いがけなかった。

5

イングランド南西部の旅からロンドンへ帰ると、下宿先の娘スーザンが、一週間後に誕生日のパーティーをやるのだと言った。たまたま両親はポルトガルへ遊びに行って留守だった。末っ子のスーザンは、友だちを二十人も家へ呼ぶつもりだとはしゃいでいた。

彼は街に出てテムズ河を渡ったとき、リッチモンドまで行ってみる気になった。北村みゆきと泊まり歩いた一帯はもっと上流になるが、そちらへ踏み込むつもりはなかった。ただ、リッチモンドまでさかのぼればテムズの眺めが変わってくる。もはや大河ではなくなり、水がずっと近くなる。彼はそこの岸辺で夕日を浴びてこようと思った。

もっと上流のほうはたしかに別世界だった。テムズがロンドンで見るのとは違う川みたいに細くやさしげになるだけに、世界が違って見えるのだ。そして、そこから出てきた者に、川上の隠された仙境をあとにしたような思いさえ与えるのだ。

実際、仙境かもしれなかったが、みゆきはある日怖い思いをした。広い芝生の庭に孔雀が放し飼いにしてあるホテルだった。木立のむこうを遊覧船が通った。庭をどこまで歩いても人はいなくて、孔雀がいた。みごとな羽根をひろげて雄孔雀はゆらゆらとさまよっているが、まるであひるのような褐色の雌孔雀は、雛たちと芝生の上にうずくまったままだった。遊覧船は楽師を乗せていて、音楽が木立のあいだから湧き起こり、葉の繁みを縫って横へ流れた。

動かない雌孔雀は雛たちに囲まれて遠くにいた。みゆきはそちらへ近づきながら悪口を言った。

「なんだかみっともないわねえ。貧相で、暗くて。雌があんなだなんて許せない」

「でも君は、雄みたいな明るいヒラヒラした恰好はもうしたがらないくせに」

「あたしがボーイッシュだといやなのね」

「研究所のころは雄孔雀みたいだったのに、豹変したね。あのころのものは全部かなぐり捨ててしまうんだね」

「うんと年上のひとヒラヒラした恰好では歩けないわ」

みゆきは英国到着のころより安定してきていた。何か危険なものをかかえていながら、それを揺り動かさないでいられる力が出てきた。みゆきを落着いた女に見せることがあるのは、たしかに持ちまえの生命の力だった。それが出てきていた。

基本的に落着くと、みゆきのなかの攻撃的なものが軽口めいたことばになった。彼は妻がおとなしいのに長いあいだ馴れてきたから、女に手を焼くのが楽しいような気分でそれを聞いた。当時娘の貴子はまだ男の子みたいな中学生だった。

チェスナットの木が白い花穂を群立(むらだ)たせていた。みゆきは裾のすぼまったパンツをはいた細身が鳥に似ていた。跳ぶように踏み出しては大きな黄水仙の花を揺らした。

「ともかくすてきですこと。こういうの好きなんでしょ？　研究所の偉い人ってロマンチックなのが好きだったわね。昔の優等生はみんなそうなの？」

「みんな君にも甘くてね。まったくスポイルしてしまったな。悪い子供が猫をかぶっているのもわからなかったし」

「意外だったでしょ？　こんなあたしじゃ手こずっちゃうわね。イギリスにも、あなたにも、無駄な抵抗をしたい気持ちになるんだから」

「娘が急に反抗期に入ったようなもんだな。でも、うちの子ももうすぐだから、いい練習になるよ」

ホテルでは結婚式のパーティーをしていた。それが終われば人がどっと出てくるのかもしれないが、庭はまだ無人だった。みゆきは屋内の騒ぎの遠い気配に耳を澄ました。

「さっきひとりで花嫁さんを見てきたんだろう?」

と、彼はみゆきの横顔を見ながら言った。

「部屋も着てるものも花だらけだったわ。こっちの人もロマンチックが好きねえ」

「ここは花婿花嫁は船で御出発なんだよ、たぶん」

「ほんとうにまあ、何てすてきなんでしょう」

みゆきはおどけて、パーティーの人々が動いているのが見える建物に向けて片足をあげた。瞬間、急にあたりが翳ったようになった。大きな褐色の鳥が、バタバタと飛んで襲いかかってきた。雌孔雀だった。彼にはかまわず、まっすぐにみゆきの頭を目がけて来た。

もともと孔雀はみゆきの足が向けられたほうにはいなかった。ほとんど背後から襲ってきたので、気づいた瞬間、彼は妙な気がした。太った雌孔雀の小さな顔に、人間くさい不意打ちの悪意がみなぎっているように見えた。彼が手を伸ばすより早く、みゆきは悲鳴をあげて芝の上に崩れ落ちた。長い脚がへなへなと崩れると同時に、猛禽の威嚇の羽ばたきが空をいっぱいにした。

雌孔雀の目は、両手で頭を覆って顔をひきつらせている倒れたみゆきにはっきり向けられていて、そばに立って立ち向かうようにした彼を相手にしていなかった。まるで彼とのあいだに見えない仕切りがあるようだった。ひとしきり羽ばたくと、雌孔雀は雛たちのところへ低く飛んで帰っていった。

夜、ホテルの孔雀たちは木にのぼって眠った。見あげるとどの木も、幹の高いところが一カ所黒くふくらんでいた。

みゆきは闇の庭に彼と並んで立ち、それを見た。みゆきの鳥のような細い胴と丸い腰のシルエットが、醜い雌孔雀の小さな尖った顔を夜空に探すように見あげていた。昼間の結婚パーティーのざわめきはとっくに消えていた。みゆきの言うロマンチックな環境から飛び出してきた母鳥の攻撃性も、いまではただ生命らしいほの黒いかたまりになって、星空に近い高いところで眠っていた。

その晩、彼はベッドでみゆきの背中を見ながらまた鳥を思った。裸の背中の上に見慣れた長い髪がなくなって、刈りあげた首のうしろが尖ったようになっていた。その黒々と光らせた髪が、揺れるというより跳ねて動き、彼は鳥を追っているようだと思った。多分に反抗的に髪を刈ってここまで飛んできた鳥だった。

華奢な上体にくらべて大きな、よく張った腰が、彼の目のなかにひろがった。もともと好きな、くっきりしたかたちがそこにあった。それがいま揺るぎなく据えられて、あらたな丸みが光ってきた。つやつやした生命の丸みが彼の手のなかにあった。

窓の外の木の上では孔雀たちが眠っている。暗い室内ではみゆきの丸みが輝いている。未熟で神経的なものがいまや見えなくなっている。空を暗くする鳥の羽ばたきのような不安な音が聞こえなくなっている。彼は自分が五十年生きて、いまの瞬間ともかくここに安んじているというふうに感じた。

自分の腰の力は遠からず衰えていくにちがいない。みゆきもいずれ去っていくだろう。そうなる前のきわどい境目のようなところで、この生命の丸みが自分の手に預けられている。このたっぷりと丸いいのちに自分は支えられている。彼はみゆきが孔雀に威嚇されてあげたけものめいた悲鳴をまた耳にする気持ちでそう思った。

たしかにそれは、いわば麻薬にも似た生命だった。春恵への欲求を最終的に失わせることになった強い力だった。

十年たち、彼は地下鉄でテムズ河をさかのぼってリッチモンドの駅へおりた。十年歳をとったという思いははっきりしなかった。ただ、腰を痛めたあとがはかばかしくなかった。

土曜日で、街には人がたくさん出ていた。狭い道へ折れ、脚の痛みをはかるように立ちどまったとき、二人の警官がすぐわきを駆け抜けていった。若さが職業的に発揮される目覚ましい勢いだった。けものの息のようなものが、彼の肩に触れていった。警官は公園のほうへ出たところで三人の若者をはさみうちにした。それから公園の木の下へ連れていき、尋問をはじめた。

彼はそれを見ていないで、だらだら坂を下ってテムズの岸辺へ出た。橋のたもとの水際の石畳を人が埋めていた。パブから持ち出したビールのジョッキを石畳に置いて、水の上へ脚を垂らして坐っている人がたくさんいた。テムズはすでに狭く、向こう岸の柳の木立が近かった。柳の下や、こちらの人々の脚の下の水に鴨が群れていた。

警官にはさみうちにされた三人の若者は、どうせ大したことはしていないにちがいない。まだしつこく尋問されているだろうが、警官が制服を着ていなければ、彼ら五人は同じようで、ただ立話をしている街のチンピラたちに見えるだろう。水に近くてもここは街で、みゆきとすごした緑深い上流とは違う。自分はいま街のチンピラたちの隣りにいて、彼らの生命にふとすり寄るような気持ちさえあるのだ、と彼は思った。

十年前の彼もみゆきも、すでに川上のほうに収まってしまっている。妻の春恵との生活も、遠い日本で片づいている。過去の重しが抜きとられたようになって、彼はひとりで巷へ放り出されるのを好んでいる。雑多な人々のにおいを嗅ぎに出てきている。河畔のまぶしい夕日に絞りだされるように汗がにじんで、いっそう身軽に細っていきそうな気がしている。

6

イングランド南西部の旅で彼は名刺を三枚もらっていた。三カ所のホテルで三組の夫婦と知りあったのだ。皆家へ来てほしいと言ってくれた。

勤めの四十年足らずのあいだに仕事でつきあった英国人は少なくなかった。が、彼は今度英国へ来て、彼らと会おうとはもう思わなかった。彼らの代わりに、行きずりの親切を示してくれた人にまた会いたかった。彼はまず手はじめに、ウェイマスのホテルで名刺をもらった老夫婦、ブラウン夫妻を訪ねることにした。

今度は地上の鉄道でテムズをさかのぼった。ウィンザーへの乗換駅を過ぎ、メイドンヘッドの手前の駅でおりた。沿線は工場が多いが、駅前からタクシーに乗るとすぐ田舎になった。

草深いような小径へ入り込んだ。田舎家ふうの家が並んで花が咲き乱れているところへ来て、運転手は番地を探しはじめた。白く塗ったセミ・ディタッチドの家の片方のドアが開け放してあった。車の音でブラウン夫人が顔を出した。

「電話をもらって、ほんとにうれしかったわ」と夫人は言った。「ちょうどあの前の晩に、あなたのことを話していたんですもの。何ていう暗合（コインシデンス）でしょう。あの人、もう忘れちゃったかしらって言っていたのよ」

ブラウン氏は裏庭の作業小屋（ワークショップ）から出てきた。彼は長く映画やテレビの装置（セット）デザインの仕事をして退職した人だった。小屋を覗くと、大工道具がぎっしり詰まった棚に囲まれて、ブラウン氏が前に坐れば必ず幸福になれそうな作業机があった。夫婦は秋に金婚式を迎えるのだと言った。

家は部屋がどれも小さくて、簡素で、女らしい趣味が隅々まで行き届いていた。天井の低い居心地のいい小屋のような感じが、不思議にハーディーの家に似ていた。夫人に二階を見せてもらって、狭くて急な階段を居間へおりたとき、彼女は窓辺へ飛んでいき、

「ほら、ここは最近改造したのよ。ちょっとハーディーの家の窓のようでしょう?」

と、うれしそうに言った。ふつうの窓を出窓にして、クッションを置き、腰掛けられるようにしてあった。

そのきれいに手の入った小人の家のような二軒つづきのコテッジのなかでは、ブラウン氏はいよいよのっぽだった。いつも笑っている小さな顔がいかにも高いところにあって、声は口のなかにこもりがちで、おとなしいキリンが草を食(は)んでいるようだった。夫人のほうは、毛のふさふさした大きな羊といったところがあった。ブラウン氏は映画の全盛時代にいい仕事をしたようだが、昔のことを話すときも口数は少なかった。

看護婦だという長身の中年女性が現われた。そのエミリーという人を加えて昼食になった。ホウレンソウのスープと鮭の銀紙包み焼きとサラダが出た。二階の寝室にはすでに五十近いひとり娘の写真があり、若いころは看護婦だったというが、エミリーは娘とは無関係らしかった。

ブラウン夫人は羊の毛のような灰色の髪を振りたてながらよく冗談を言った。エミリーは看護婦のくせに「病人」のところへいつも遅れてくる、と少しもシニカルでなく説明した。夫人はたしかにユーモアの感覚に自信があるようだった。夫のことでは、家中のものを、修理して

はいけないものまで全部修理してしまう人だ、と言った。「病人」ということについてはあとで説明するけれど、ともかく調子がよくないのだ、と率直に明かした。

食後、庭へ出てお茶を飲んだ。作業小屋のほかに、小さな八角形のティー・ハウスのようなものがあった。ブラウン氏が作ったのにちがいなかった。中には形ばかりの暖炉も見えたが、その小屋は庭に出ていられない冬に使うので、もうガラス戸が閉めきってあった。

バラが咲いて夏のようになった陽光を浴びながら、彼は離婚のことを説明しなければならなかった。三組の夫婦を訪ねるとしたら、三度その話をすることになるのだ。うまく話せるとは思えなかった。時どき飛行機の爆音が頭上を通っていった。

妻は六十を前にして女同士の生活を選んだのだ、と彼は説明した。こちらも独りになる機会を得た、退職後ひとりで生きるのは誘惑的でエキサイティングだから、と言ったが、ことばが正確でないような気がした。

「大胆なの？　それともシニカルなの？」

「それは両方かもしれない」

「家族がいないのは不幸だとは思わない？」

「一般にヨーロッパの人が家庭生活を大切にするのには感心します。でも、いまの日本ではわれわれのような例も珍しいとはいえない」

「皆さんそんなにシニカルなの？　そんなに簡単に話がついてしまうものなの？」

「われわれの場合は簡単でした。話すことも争うことも、それほどなかった。たぶん、夫婦の生活の寿命が尽きていたんでしょう」

ブラウン夫人は悲しみの表情を浮かべた。彼はその顔を心に受けとめた。うっそりとした羊の悲しみのようなものがしみ込んできた。まるで彼自身の生命のさまざまな過失が悲しまれているようだった。あるいは、その生命が六十年生きて、ほぼ能力を失って、独りになったことが哀れまれているようだった。

「それでも、離婚後すぐに英国へ来て、そんなに歩きまわって、何て精力的なんでしょう。何て若く見えるんでしょう。よかったら英国で再婚なさいな」

「なるほど、それはとてもいいけれど、たぶんまた長い生活になりますね」

「私たちの人生もとてもよくて、長かったわ。でも、いまは私のM・Eがなかなか厄介で、……」

夫人は病気について話しはじめた。疲労感や衰弱感がひどいことがある。気分が落ちこみ、集中力がなくなって、物忘れが激しい。いい時期と悪い時期をくり返すばかりでなかなか治らない。体を使いすぎてもいけないが、寝てばかりいるのもよくない。だからたまには、ウェイマスへ行ったように、遠出をすることもある。……

「僕も歳をとって、それは人ごととは思えませんよ」

と彼は言った。するととつぜん、隣りから、エミリーの強い声が覆いかぶさってきた。

「M・Eは年齢とは関係ありません。子供だってかかるんですから。M・Eは老人病じゃないんです」

　エミリーはなお、M・Eがまだよくわかっていない現代病のひとつで、ヴィールスに対する免疫反応異常によるものだと説明した。ブラウン夫人は衰弱感などうかがわれない目を光らせて微笑んだ。

「きょうは調子がいいのよ。調子が悪いときは、ハーディーっていうとあなたを思い出したりしたんだけど」

　と、いたずらっぽく言った。

　それからふと黙り、あらためてもうひとつの陽気さを押し出すようにして口をひらいた。詩のことばがゆっくりと出てきた。

　　だれかが私の前に水場に来ていて、
　　私は次の番の人のように、待っていたのだ。

「御存知？　これは蛇の詩」と、夫人は勢いよく言った。「蛇は地下世界に追放された生命の王なのね」

「シシリー島のタオルミナですね。エトナ山が噴煙をあげている。蛇がお客に来ている」

大地の燃える肚から出た、大地のような茶色、
大地のような金色。

病気の夫人は艶のない白い頬を上向けて陽にさらした。それから、陽光に満ちた世界に向けて「鳥・獣・花」とつぶやいた。彼もD・H・ロレンスの詩集の題名「鳥・獣・花」をくり返した。

たしかに、衰弱感の底から浮上して見る鳥や獣や花の世界があるようだった。夫人はそこで目を見ひらいて、結婚後五十年にもなる夫の腕にそっと手を伸ばしたりしていた。しかも、イングランドの春の陽光を浴びながら、暑いシシリーの七月の蛇を思っていた。彼女にとってシシリーは、すでに遠すぎる土地にちがいなかった。温和なブラウン氏との生活がいまここに残っていた。

ブラウン夫人の文学趣味は、彼のほうにも残されているものだった。というより、そんな片々たる趣味は、これまでの生活が終わったあと、それしか残っていないというもののひとつなのだった。

彼は北村みゆきの未熟さが、しばしばけもののように彼女の裸体を弾ませたことを思い出していた。反抗的な若い娘のつやつやした生命が、シシリー島の蛇のように、一時期、彼の客になっていたのだった。自分にとって麻薬のように働いた生命だった、と思った。そのおかげで、

もうもとへ戻れなくなってしまう強い麻薬だった。

ブラウン氏が古いシトロエンで駅まで送ってくれた。笑顔を絶やさないのに、なかなか荒い運転だった。行手にテムズの谷が青々とひらけて見えるところへ出た。間違いなくみゆきと滞在した一帯である。

「丘陵地（ダウンズ）とテムズが見えるでしょう」

とブラウン氏が言った。

すぐさまハンドルが切られ、青い谷の眺めは大きくまわって見えなくなった。いまも孔雀がいるはずの水辺の世界が閉じられた。

ロンドンの下宿の娘スーザンの誕生日はすぐに来た。大学を出たばかりのスーザンは、両親の旅行中会社から帰るのも遅かったが、誕生日は会社を休んで家中を子供部屋のように飾りたてた。たくさん届いた幼い図柄のカードを屏風のように並べた。夕方までには「悪趣味パーティー」というものの準備が何とかととのった。

友人たちがやってくると、スーザンは彼の部屋へ来て、「必要だから」と言って椅子を持っていった。部屋にはあとはベッドと衣装箪笥しかなかった。明るい灯火も洗面台のところにしかなかった。ふだん彼は洗面台の前に椅子を据えて本を読んでいたのだが、その晩は仕方なく洗面台の前に立って読むことにした。

「悪趣味パーティー」は、たしかに皆多少変わった服を着てきはしたが、大した羽目のはずし方ではなかった。ただ、音楽だけは異様にうるさくて、ディスコのようになった。

彼は時どき階下へおりて行った。見たところ食べるものが少なすぎるので、インド米を炊くことにした。チャーハンを作り、大皿二枚出した。ロックがうるさくてろくに話していられなかった。部屋へ戻っているとスーザンが呼び戻しにくるが、彼女が言うように「エンジョイ」するのはむつかしかった。夜半まで直立読書をつづけ、階下のディスコ音楽を聞きながら眠った。

翌日は土曜日で、雑魚寝した男女五、六人が遅く起きてきた。が、パーティー疲れか、居間にこもったままひっそりとしていた。雨が降って暗かった。まだ片づけていない台所が使えないので、彼は古い街道際のホテルへ昼食をとりに行った。

帰り道、歩道すれすれに通る車が次々にハネをあげて行った。彼は何度か胸のへんまで濡れ、腹をたてていると、背の高い影がすっと近づいてきた。黄色いキャップをかぶったスーザンだった。

彼女のうしろにほかの五人ほどがいて、彼に挨拶した。だれも傘をさしていなかった。

「池のところまで散歩に行くの」

とスーザンが言った。ホテルの前にはちょっとした池があった。

ただ濡れるだけの散歩に出てきた若者たちは、皆冴えない顔をしている。妙なキャップをかぶって堂々と濡れているスーザンの顔にもいつもの赤みがない。表情もどことなく沈んでいる。だれもが一様に不活発な気分をあらわにしている。

彼は無人の家へ帰った。スーザンは体調を崩すのではないかと思った。前にもあんな顔色になって勤めを休んだことがあった。昨夜のようなパーティーのあとは、さっそくまた会社へ行けなくなってしまうのではなかろうか。スーザンは娘の貴子と同じ年ごろで、ひとごととも思えないのだ。

階段のところを飾った紙テープが、何本かまだ垂れさがっていた。彼はテープを払いのけながら木の階段を登った。路上の若者たちは、わざと雨に濡れて見すぼらしかった。彼らはまだあんなにくすんで見えるが、いまに十分色艶が出て照り輝き、肉が張りきるようになるにちがいない。だが、そうなる前のスーザンの二十二歳の誕生日は、実際何と幼なげに生彩のないものだったろう。

無事に定年を迎えたひとりの東洋人が、そんな若者の住む家で暮らしはじめたところである。この家の子供たちが使った部屋で本を読み、彼らが寝たベッドで眠る暮らしである。イングランドの春の自然が身に染みつつある。他人(ひと)の国の「鳥・獣・花」と親しもうとする自分の肌身が生き残っている。

彼は自室へ上ってすぐ、また階下へおりた。昨夜スーザンが持っていった椅子を取り戻さなければならなかった。

後記

私の四十代半ばから十年ほどのあいだの作品が集めてある。『尾高修也初期作品』全五巻につづく時期の仕事である。「中期短篇集」ということにしたが、私はそのころから、小説創作より、近・現代文学を論じる仕事に比重を移し、やがて小説を書かなくなった。今後「中期」のあとの「後期」の仕事が生まれるかもしれないが、いまのところ、私の小説創作は本書の作品までで止まっている。

文芸雑誌に短篇を書きつづけるということが、だんだんむつかしくなった時期でもあった。編集者との関係も変わり始めていた。何を求めているのかわからないという相手が増えてきた。状況の変化とともに、文学観の違いがはっきりしつつあったのかもしれない。だれに向かって何を書いたらいいかわからなくなりかけていた。

ともかく自分が読みたいと思うものを書くしかなかった。本書の七篇は、間をおいて一篇一篇ていねいに書いたので、短篇としては幾分重い感じのものになった。人に書けないようなものにもなっているはずだ。『初期作品』のほうに入っている長篇「漂流風景」が、じつは同じ時期の仕事で、従って私の四、五十代の創作は、長篇一冊短篇集一冊がすべてということになる。

本書の七篇は、作者自身を語る趣きのものからもっとフィクショナルなものまで、私の出発以来の仕事がひとまず行き着いたところを示しているように思う。それが最初の到達点なら、そこにそれなりの重みが生じているはずである。それを踏まえたうえで、「中期」のあとの「後期」の仕事を考える時が来ているのにちがいない。今回七篇を読み返し、手を入れてみて、三十年を経た次の仕事がぼんやり見えてくるようなのが心楽しい気がした。

二〇二〇年九月

尾高修也

初出一覧

にじり口　未発表
道の奥　「海燕」一九八三年三月号
信濃へ　未発表
郊野　未発表
海の灯　「海燕」一九九〇年九月号
影絵　「海燕」一九九一年九月号
鳥・獣・花　「海燕」一九九五年五月号

尾高　修也（おだか・しゅうや）

1937年東京生まれ。早稲田大学政経学部卒業。小説「危うい歳月」で文藝賞受賞。元日本大学芸術学部文芸学科教授。著書に『恋人の樹』『塔の子』（ともに河出書房新社）『青年期　谷崎潤一郎論』『壮年期　谷崎潤一郎論』『谷崎潤一郎　没後五十年』『近代文学以後　「内向の世代」から見た村上春樹』『「西遊」の近代　作家たちの西洋』『「内向の世代」とともに　回想半世紀』（ともに作品社）『新人を読む　10年の小説1990-2000』（国書刊行会）『小説　書くために読む』『現代・西遊日乗Ⅰ～Ⅳ』（ともに美巧社）『書くために読む短篇小説』『尾高修也初期作品Ⅰ～Ⅴ』（ともにファーストワン）などがある。

尾高修也中期短篇集　信濃へ

令和二年　十一月九日　印刷
令和二年　十一月十六日　発行

著　者　尾高修也
発行者　大春健一
発行所　株式会社ファーストワン
東京都千代田区内神田一の一八の一一
東京ロイヤルプラザ　三一五号室
電話　〇三－三五一八－二八一一
郵便番号　一〇一－〇〇四七

印刷・製本　石塚印刷株式会社

定価はカバーに表示
乱丁・落丁本はお取り替えいたします。

ISBN978-4-9910093-3-4 C0093　©2020 Shuya Odaka Printed in Japan

尾高修也初期作品

「内向の世代」の作家
尾高修也の
青年期の仕事既刊五巻。
単行本未収録。

Ⅰ 短篇集 夜ごとの船

味わい深い
文学の手ごたえ。
文章の心地よさ。
新たに甦る
多彩な短篇世界。

Ⅱ 長篇小説 危うい関係

1960年代。
成長期の社会の
熱気と喧騒。
精細に描き出される
孤独な青春像。

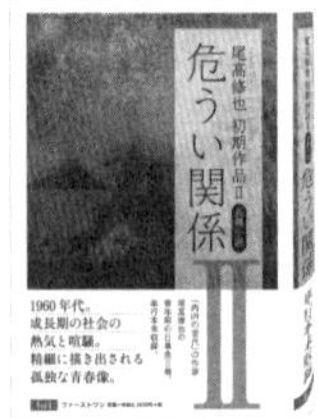

Ⅲ 長篇小説 漂流風景

1980年代の東京。
娘たちが躍動する
鮮明な風俗絵巻。
軽妙に展開する
文学の面白さ、楽しさ。

Ⅳ 短篇集 帆柱の鴉

高度成長期の十年。
一青年の参加と離脱。
みずみずしく甦る
多彩な生の記録。

Ⅴ 長篇小説 男ざかり

高度成長期のさなか、
1970年の東京の街。
あらたな生を模索する
一青年の官能的漂流記。

各巻定価
本体2,000円+税

1st1 株式会社ファーストワン http://1st1.jp
FAX：03-3518-2822 TEL：03-3518-2811